KB165085

지그 지글러의 성공 메시지

지그 지글러의 성공 메시지

지그 지글러 지음 박상혁 옮김

큰나무

실패가 단지 사건에 불과하며 어제는 지난밤으로 끝나고
오늘이 당신의 새로운 날이라는 것을 명확히 이해한다면
당신은 이미 정상에 있는 것입니다.

지그 지글러

성공을 위한 다음 단계 돌파구

《지그 지글러의 성공 메시지》는 당신에게 확신을 심어주고자 합니다. 당신은 지금까지 자신이 할 수 있다고 생각한 것보다 더 많은 것을 할 수 있으며, 당신의 생각 이상으로 위대한 존재라는 점을 일깨워주고 싶습니다. 긍정적인 사고를 위한 이 작은 책 안에는 많은 인용과 개념 정의, 나에게 힘이 되어주었던 여러 이야기들을 실어놓았습니다.

《지그 지글러의 성공 메시지》는 모든 분야를 총망라하고 있습니다. 사업, 인간관계, 목표설정, 행복, 자녀교육을 비롯해 그밖의 모든 것들이 포함되어 있습니다. 그 중 어느 한 부분에서라도 실패했다면 그것은 진정한 성공이라고 할 수 없습니다. 전체적이고 균형 잡힌 인생이야말로 당신 주변의 세상에 진정한 영향을 미칠 것입니다.

당신은 이 책을 통해 그 모든 것에 쉽게 접근할 수 있게 될 것입니다. 한자리에 앉아서 책 전체를 읽을 수도 있고, 매일 아침 몇 페이지씩 읽어나갈 수도 있습니다. 어떤 방법을 선택하든 간에 이 책을 한 번 이상 읽고 싶어하게 될 것입니다. 이 책을 집어들 때마다 당신은 매번 새로운 힘과 자극을 얻을 것입니다.

"다른 사람이 원하는 것을 얻을 수 있도록 그들을 돕는다면 당신은 인생에서 원하는 모든 것을 얻을 수 있다."

우리는 언제나 이런 말을 합니다. 이 책이 그렇게 할 수 있도록 도와줄 것입니다. 다른 사람들이 원하는 것을 가질 수 있도록 당신을 도울 것입니다. 여벌의 책을 가지고 있다가 필요한 친구나 동료들에게 전해주십시오. 그들이 자신이 원하는 것을 가질 수 있도록 도와주십시오. 그러면 당신은 이미 다음 단계에 도달한 것입니다!

Zig Ziglar

차례

당신은 유일하고 특별한 존재입니다.

실패에서 배워라

성공은 결과이지 목적이 아니다.

당신이 실패를 두려워하는 이유에는 분명 다른 사람들의 부정적인 평가가 포함되어 있을 것입니다. 우리는 언제나 묻습니다.

"사람들이 뭐라고 할까?"

우리는 언제나 작은 실수를 두려워합니다. 실패자로 낙인찍혀 영원한 경멸의 대상이 될 거라고 추측합니다.

이 얼마나 우스꽝스러운 가정입니까? 인생의 모든 분야에서 완전무결한 사람은 단 한 사람도 없습니다. 실패는 당신이 보잘것없는 노력이라도 했음을 의미합니다. 이것만으로도 긍정적입니다.

또한 실패는 당신에게 더 나은 방법을 알려주기도 합니다. 이것은 아주 효과적입니다. 실패를 통해 배우게 되는 경험 이상의 그것은 실패가 단순한 사건일 뿐이며 결과가 아니라는 사실입니다. 실패는 단지 일시적인 불편함일 뿐입니다. 실패는 당신 앞에 펼쳐진 새로운 디딤돌입니다. 결국 어떻게 대처하느냐에 따라 실패의 효용이 결정되는 것입니다.

문제의 해결은 당신에게 달려 있다

사람은 강제로 행복해질 수 없다.

'두려움' 이야말로 당신의 재능을 막는 가장 큰 원인입니다. 많은 사람들이 실패가 단순한 사건에 불과하다는 것을 이해하지 못합니다. 그래서 모든 것을 안전하게 하거나 아무것도 하지 않기로 결정합니다. 그들은 도전하지 않기 때문에 실패할 수도 없습니다.

앞으로 당신이 듣게 될 가장 슬픈 말 중의 하나는 바로 이런 것일 수도 있습니다.

"그때 그렇게 했었어야 했는데……."

연설가인 비키 히츠게스 씨는 이 말을 다른 방법으로 묻습니다.

"당신이 인생을 돌아보게 됐을 때 '나는 그렇게 하지 못해서 대단히 후회하고 있어.'라고 말하고 싶은가. 아니면 '내가 그때 그렇게 해서 지금 더없이 기뻐.'라고 이야기할 것인가?"

실천과 도전의 성공 원칙을 따르면 당신은 훗날 삶을 되돌아보고 자신 있게 말할 수 있습니다.

"나는 그때 그렇게 행동해서 지금 행복해."

당신은 이제 선택해야 합니다.

사람들에게 희망을 주입하라!

명예는 태도를 바꾼다.

나의 세일즈맨 생활은 대부분 실패였습니다. 2년 반 동안 고군분투했지만 항상 연전연패였습니다. 하지만 스스로를 패배자라고 생각해본 적은 없습니다. 그러나 고객을 만나는 두려움은 어쩔 수 없었나봅니다. 그때는 고객들이 나 자신을 거절한 것이 아니라 나의 제안을 거부했다는 사실을 이해하지 못했습니다.

우리 회사 사장 맥럴 씨의 따뜻한 충고가 아니었다면 나는 아마 다른 직업을 찾았을 것입니다. 맥럴 씨는 이렇게 얘기했습니다.

"지그, 자네는 능력을 가지고 있네. 자네는 엄청난 수완가야. 나는 자네를 이 회사의 미래 경영자로 보고 있네."

이 말은 내게 새로운 영감을 불러일으키게 했고, 나는 7천명이 넘는 회사에서 최고로 인정받는 두 번째 세일즈맨이 되었습니다.

실패는 성공으로 가는 또 하나의 길이다

험한 언덕을 오르기 위해서
처음에는 천천히 걸을 필요가 있다.

한 젊은 기자가 토마스 에디슨에게 오랜 세월 동안 그가 이룩한 발명의 업적에 대해 물었습니다.

"에디슨 선생님, 선생님이 실험을 하실 때 1만 번 정도 실패한 경험이 있다고 말씀하셨는데 그때의 기분이 어떠셨습니까?"

"젊은 기자 양반, 내가 자네에게 도움이 될 생각 하나를 가르쳐 주겠네. 나는 1만 번이나 실패한 적이 없네. 나는 그냥 불가능한 1만 가지의 방법을 알아낸 것이라네."

에디슨은 실제로 백열등 발명에 성공하는데 1만 4천 번 정도의 실험을 했다고 밝혔습니다.

　에디슨은 그의 말처럼 불가능한 1만 4천 가지의 길을 성공적으로 찾아낸 것입니다. 그리고 마침내 단 하나의 가능한 방법을 발견한 것입니다.

시간의 주인은 바로 당신이다

짧은 인생은 시간의 낭비에 의해 더욱 짧아진다.

실패는 기회가 부족했기 때문이 아닙니다. 이 세상은 우리들에게 다양하고 풍부한 기회를 제공해왔습니다.

몇 년 전, 한 사람이 조지아 주의 연방교도소에서 풀려났습니다. 그는 감옥에 들어오기 전에 방탕한 생활로 전 재산을 날려버렸습니다. 하지만 감옥 안에서 그는 다른 죄수들의 옷을 수선해주며 조금씩 돈을 모아 나갔습니다. 이런 노력 속에서 그는 시간을 낭비한 것이야말로 자신을 감옥으로 오게 한 큰 실수보다 더 잘못된 것이라는 것을 깨달았습니다. 이제 그는 시간을 낭비하는 바보가 아니었습니다.

실제로 당신에게는 두 가지의 기회가 있습니다. 선택하십시오!

시간의 노예가 되겠습니까, 아니면 시간의 주인이 되겠습니까?

도전을 포기하지 않는 한
당신은 결코 패배자가 아니다

고생보다 더 중요한 교육은 없다.

한 젊은이가 다른 사람들과 동업으로 원유개발사업을 시작했습니다. 얼마 지나지 않아 돈을 모두 써버린 그는 다른 파트너들에게 자신의 지분을 모두 팔아버렸습니다. 그러나 나머지 동료들은 여러 가지 어려움 속에서도 갖은 노력을 쏟아부어 결국 성공을 이루었습니다. 그들이 만든 석유회사는 오늘날 엄청난 재벌이 되었습니다.

원유개발사업에서 물러난 젊은이는 이번에는 의류사업에 손을 댔습니다. 하지만 이번에도 그는 큰 손실을 보게 되었습니다. 사실상 그 젊은이는 파산한 것입니다. 그러나 그 젊은이는 절망하지 않았습니다. 나중에 이 젊은이는 정치에 뛰어들었습니다.

역사가들은 제2차 세계대전 이후 세계 경제를 복구한 해리 트루먼 대통령에 대해 여러 가지 찬사를 보냅니다.

두 번이나 사업에서 실패하고도 불굴의 노력으로 재기한 젊은이가 바로, 미국의 33대 대통령인 해리 트루먼입니다.

나의 능력을 이용할 수 있는 사람은
바로 나 자신뿐이다

오늘 달걀 한 개를 갖는 것보다
내일 암탉 한 마리를 갖는 편이 낫다.

대다수의 사람들은 자기 자신의 모습을 너무 과소평가하고 있습니다. 우리의 존재와 능력을 제대로 인식하지 못하고 있는 것입니다.

'너는 할 수 없어.' 라는 말을 항상 들어왔기 때문에 자신이 무엇을 할 수 있는지조차 모릅니다. 또한 불행하게도 성공이나 행복한 인생은 자격 있는 몇몇 사람들만의 것이라고 간주합니다. 그리고 스스로 '나는 안 돼.' 라고 치부하고 마는 것입니다.

능력과 지성은 중요한 열쇠가 아닙니다. 가장 중요한 핵심은 자신의 능력을 인식하고 그것에 감사하며 계발하고 이용하는 것입니다.

아이들을 위해 가장 옳은 것은 무엇인가?

자녀에게 회초리를 쓰지 않으면
자녀가 부모에게 회초리를 든다.

아이들을 기르는 일만큼 어려운 일도 없습니다. 아이들이 원하는 것이 있을 때마다 그것을 쉽게 들어주는 것이 가장 쉽고 편할지도 모릅니다. 즉, 아이들이 울면 텔레비전 앞에 앉혀두거나 장난감을 내밉니다. 나중에는 아이들이 왜 밤 9시에 잠들어야 하는지 설명하기 귀찮고 힘들어서 그냥 밤 10시가 넘도록 방치해둡니다.

아이들이 더 크면 '다른 아이들처럼' 밤늦게까지 데이트를 하도록 내버려두는 것이 속 편할지도 모릅니다. 그러나 진정한 사랑은 아이들이 원하는 것을 단순히 허락하는 것이 아닙니다. 진정한 사랑은 당신이 아이들을 위해서 할 수 있는 최선을 요구합니다.

당신은 아이들을 사랑합니다.

결정하십시오!

아이들을 위해서 무엇이 가장 옳은 것인지.

자연의 자원은 쓸수록 고갈되지만
인간의 자원은 쓰지 않으면 고갈된다

잘 닦여진 구리는 갓 캐낸 금보다
사람들의 눈에 띄기 마련이다.

어린 시절 나는 인간에게 발생할 수 있는 가장 비극적인 일이 무엇일까를 생각해봤습니다. 그때 생각으로는 임종을 눈앞에 둔 사람이 자신의 소유지에서 원유를 발견하는 일일 것이라고 나름대로의 결론을 내렸습니다. 그러나 지금은 인간이 가지고 있는 무한의 능력을 계발하지 않는 것이야말로 가장 비극적인 일이라고 확신합니다.

10센트짜리 동전과 20달러짜리 금화가 바다 밑에서 같이 부식된다면 둘은 같은 가치를 가진 것입니다. 가치의 차이는 당신이 동전을 건져올려 그들의 용도에 따라 사용할 때 분명히 드러납니다.

당신의 가치는 스스로 잠재되어 있는 모든 능력을 깨닫고 이용할 때 현실화됩니다.

당신은 경쟁력을 가지고 있습니다.

올바른 삶의 방향과 인생의 성과는 정비례한다

인생은 반복된 생활이다.
좋은 일을 반복하면 좋은 인생을,
나쁜 일을 반복하면 불행한 인생을 보내는 것이다.

캘리포니아 의과대학의 데이비드 젠슨 교수는 내가 주최한 대중 세미나에 참여한 사람들에 대해 조사를 진행했습니다. 젠슨 교수는 세미나 참가자들을 두 그룹으로 나누었습니다. 자신의 인생목적과 세부적인 계획을 가지고 있는 사람들과 어떤 구체적인 목표도 실천도 없는 사람들로 분류한 것입니다.

삶의 목표를 가지고 있는 첫 번째 그룹은 그렇지 않은 사람들에 비해 평균적으로 두 배나 높은 연봉을 받고 있었습니다. 또 모든 일에 능동적이고 적극적이며 각자의 생활과 직업에 만족하고 있었습니다. 결혼생활도 행복하고 건강도 최상의 상태였습니다.

젠슨 박사는 이런 결과들이 지난 20년 동안 진행된 연구내용과 일치한다고 말합니다. 즉, 뚜렷한 목표를 가진 사람들은 모든 분야에서 탁월한 성과를 이루어내고 있습니다.

지금 당신의 목표는 무엇입니까?

목표를 잘게 부숴라!

거대한 코끼리 고기도 한 번에 한 입씩!

위대한 사람들이 있습니다. 그리고 위대함의 근처까지 간 사람들이 있습니다. 이 차이는 무엇일까요? 나는 자신의 목표를 향해서 정진할 수 있느냐, 없느냐의 문제라고 생각합니다.

보디빌딩을 하는 사람들은 멋진 몸을 만들기 위해서 하루하루 조금씩 근육을 키우고 다듬어야 한다는 것을 알고 있습니다. 아이들을 올바르게 양육해온 부모들은 생활의 모범만이 자식을 위한 진정한 사랑이고 올바른 인성교육이 된다는 것을 알고 있습니다.

생활의 목표는 인격의 가장 좋은 척도입니다.

헌신성, 자제력, 그리고 의지력이 모아져 하나의 성과를 이루어냅니다. 오늘의 작은 노력이 모여 당신의 꿈도 운명이 됩니다.

어떤 사람들은 마치 보상이라도
받을 것처럼 남을 헐뜯는다

너의 가장 가까운 곳에 있는 의무를 행하라.

우리 주변에는 남을 헐뜯기를 좋아하는 사람들이 많이 있습니다. 그런 사람들이 상대방에 대한 칭찬을 좋아하도록 만들기 위해서 나는 수년 동안 노력해왔습니다.

우선 그들에게 좋아하는 모든 것을 써 보라고 제안했습니다. 존경하는 사람, 직업에 대해 만족스러운 점, 배우자에게 고마운 경우 등 모든 것이 이에 해당됩니다. 그리고 그들에게 매일 아침저녁으로 거울 앞에 서서 그 목록을 큰 소리로 읽어보라고 당부했습니다.

또 최근 댈러스에서 있었던 발표회에서 나는 청중들에게

자신의 직업과 관련된 긍정적인 사항을 써보라고 말했습니다. 2주 후에 한 여성이 나를 찾아왔습니다. 그녀는 나의 제안을 충실하게 따랐더니 한 주가 지나기도 전에 상관으로부터 작업 태도와 향상된 일의 성과에 대해 칭찬을 받았다면서 고마워했습니다.

당신이 가지고 있는 일들을 올바르게 인식하고 감사하십시오. 그럴수록 당신은 더욱 많은 것들에 감사하는 축복을 받을 것입니다.

방향은 기회를 창조한다

많이 하면 할수록 그만큼 능숙해진다.
바쁘면 바쁠수록 그만큼 여가가 생긴다.

목표를 명확히 하는 습관은 당신에게 큰 이익을
돌려줍니다. 그 중에서 가장 큰 이익은 삶의 방향을 잡을 수
있는 자유를 얻는 것입니다.

목적이 명확하게 정의되고 지혜롭게 설정된다면 당신은
진정으로 효율적이고 새로운 것을 만들 수 있는 기회를 갖게
됩니다. 이 자유는 창조성을 담당하는 우리의 오른쪽 뇌를
가장 이상적인 상태로 만들어줍니다.

위에서 말한 것을 나는 이렇게 비유하고 싶습니다. 확실한
목표를 가진 사람은 최상의 컨디션을 가진 천부적인 운동선

수와 같습니다. 그의 완벽한 훈련과 승부에 대한 굳은 의지력은 창조적인 플레이를 만들어내는 자유의 바탕입니다. 이제 그는 어떤 경우에서도 능동적으로 자신의 경기를 만들어갈 수 있는 능력을 가진 것입니다.

방향은 우리의 뇌가 창조적이고 혁신적으로 사고할 수 있는 기회와 자유를 제공합니다.

오늘 당신이 가고 있는 방향은 어디입니까?

직업을 사랑하라!

노동은 인생을 감미롭게 한다.
노동을 미워하는 자만이 고뇌를 맛본다.

몇 년 전 호주로 강연 여행을 떠났을 때 나는 존 네빈이라는 젊은이를 만났습니다. 그는 아주 올바른 태도를 가진 청년이었습니다. 그는 자신의 인생과 가족 그리고 직업을 사랑하고 있었습니다. 세계대백과사전을 파는 그는 자신의 직업에 너무나 만족하고 있어서 일에 푹 빠져 있다고 표현해도 좋을 것 같았습니다. 결국 그의 승진은 누구보다 빨랐고, 그것은 피할 수 없는 것처럼 보였습니다.

14년 전 이 회사의 시간제 고용인에 불과했던 네빈은 지금 호주 지역의 모든 업무를 담당하는 총책임자가 되었습니다.

그는 이 미국 회사에서 두 번째로 탄생한 비미국계 이사가 된 것입니다.

때때로, 직업을 사랑하는 것과 싫어하는 것의 차이는 당신의 삶에 대한 모든 자세를 좌우할 수도 있습니다.

어린이는 당신의 말보다 행동에 더욱 집중한다

교육은 사람들이 행동하지 않을 때
행동하도록 가르치는 것을 의미한다.

어린이를 위한 도덕의 기초는 아주 단순합니다. 정직함을 가르치는 부모가 스스로 정직하지 못하면 문제가 발생하는 법입니다.

자식들에게 끊임없이 진실하라고 가르치는 부모가 있습니다. 어느 날 그 집에 전화가 왔을 때 부모는 아이들에게 전화를 받으라고 말합니다. 그리고 자신들을 찾거든 집에 없다고 이야기하라고 합니다.

이때 아이들은 무엇을 배우게 될까요? 부모를 위한 거짓말은 언젠가 다시 부모를 향한 거짓말로 돌아올 것입니다.

또 자식들에게 준법의 중요성을 교육하는 부모가 있습니다. 하지만 자동차 핸들을 잡기만 하면 교통신호를 아무렇지도 않게 위반하고 달아나는 모습을 보입니다.

아이들이 배우는 것은 무엇입니까? '법을 어기더라도 잡히지 말아야 한다.' 는 것 아닐까요?

참다운 교육은 실천에서 나옵니다.

성공에 대한 당신의 결심은 정말 확고한가?

인간은 목표를 추구하도록 만들어진 존재다.

성공을 이룬 사람과 실패한 사람에게는 아주 분명한 차이가 있습니다. 무언가를 성취한 사람은 어떤 어려움 속에서도 자신의 꿈 자체를 포기하거나 목표 달성의 의지를 저버린 적이 없습니다.

꿈을 이루는 데 실패한 사람은 능력이 부족해서가 아니라 확고한 자기결심이 모자랐기 때문인 경우가 많습니다.

강력한 의지력은 열정적이고 끊임없는 노력을 만들어냅니다. 그리고 결국에는 그것이 큰 보상으로 이어지게 되는 것입니다.

성공을 위해서는 어떤 일이라도 해내고야 말겠다는 결심을 세우도록 하십시오. 그러지 않고서는 당신은 결코 자신이 무엇을 할 수 있는지조차도 깨닫지 못할 것입니다.

최고의 동기부여는 한마디의 칭찬이다

행복을 즐겨야 할 시간은 지금이다.
행복을 즐겨야 할 장소는 이곳이다.

젊은 세일즈맨 시절, 나에게 오랫동안 영향을 미친 이야기가 있습니다. 가수로서 화려한 시절을 보냈던 한 여자에 대한 이야기입니다. 한때 그녀는 선생님으로부터 끊임없이 비난을 받아 낙담을 거듭한 끝에 노래 부르기를 포기하려고 했습니다.

그녀의 재능은 언변이 좋은 한 세일즈맨이 그녀에게 약간은 아부 섞인 칭찬을 하기 전까지 숨겨져 있었습니다.

어느 날 그녀는 세일즈맨 앞에서 작은 목소리로 흥얼거리면서 노랫말을 속삭였습니다. 그 세일즈맨은 그녀의 아름다운 목소리에 매료되었습니다.

"좀더 크게 불러봐요. 당신은 세상에서 가장 아름다운 목소리를 가지고 있어요."

그는 그녀에게 찬사를 보냈습니다. 이것을 계기로 그녀는 자연스럽게 자신감을 되찾을 수 있었습니다. 그리고 다시 노래를 부르기 시작했습니다.

마침내 그녀는 가수로서 성공을 거두었고, 또 자신의 재능을 알아봐 준 그 '발견자'와 행복한 결혼을 했습니다.

칭찬하십시오. 단 한마디의 칭찬이 엄청난 결과를 만들 수 있습니다.

진정한 칭찬은 우리 모두에게 승리를 안겨준다

모두가 행복할 때까지는

아무도 완전히 행복한 것이 아니다.

칭찬을 나누는 것을 망설이는 이유 중 하나는 그
것이 잘못 받아들여질지도 모른다는 염려 때문입니다.

만약 한 청년이 사업관계 모임이나 공식적인 자리에서 매
력적인 여성에게 다가가 "멋진 드레스인데요."라고 인사를
건넨다면 그녀는 그의 동기를 궁금해 할 것입니다.

당신이 안면이 있는 한 남자에게 "옷이 참 잘 어울리시네
요."라고 말한다면 그는 미래를 위한 단순한 인사치레나 이
유가 있는 아부라고 생각할 수도 있습니다.

위의 두 가지 사례가 모두 진실된 칭찬이었다고 하더라도

우리는 종종 오해에 대한 우려 때문에 그 칭찬을 받아들이지 못할 때가 있습니다.

진실된 칭찬은 주는 사람과 받는 사람을 모두 기쁘게 합니다. 서로 칭찬을 나누는 것은 결과적으로 모두가 승리하는 것입니다.

겁먹지 마십시오! 칭찬합시다!

한정된 시간과 자원을 효율적으로 활용하라

능률이란 일을 적절하게 하는 것을 말하고
효율이란 적절한 일을 하는 것을 말한다.

우리의 한정된 시간과 자원을 적절하고 효과적으
로 활용하려면 많은 사람들이 놓치는 아주 단순하고도 기본
적인 진실에 충실해야 합니다.

사소한 일에 신경을 쓰다가 중요한 일을 놓친다면 그건 일
을 효율적으로 하는 것이 아닙니다. 즉, 어떤 일을 하는데 있
어서 그 일을 당신이 해야 하는지 아니면 다른 사람들에게
맡겨도 되는지를 먼저 파악하십시오.

한 조사결과에 따르면 모든 직종에서 10~15%의 업무는
다른 사람들에게 위임하거나 줄일 수 있는 일이라고 합니다.

당신은 오늘 어떤 과제를 줄일 수 있습니까? 또 어떤 업무를 다른 사람에게 위임할 수 있습니까?

능률적인 시간 활용이 아니라 효율적인 시간 활용에 초점을 맞추십시오.

만인은 시간 앞에 평등하다

현재의 시간만이 인간의 것이다.

우리 모두는 60초로 이루어진 1분, 60분으로 이루어진 1시간, 그리고 24시간으로 이루어진 하루를 보냅니다. 그 누구도 그 이상이나 이하의 시간을 가질 수 없습니다. 시간이 흐르는 파이프라인을 더 크게 만들어서 나에게만 시간을 더 달라고 할 수는 없습니다.

이 세상 누구나 모두 한 번에 1초씩 흘러가는 시간 속에 살고 있는 것입니다. 결국 이것은 모든 사람은 시간 앞에 평등하다는 진실을 말해줍니다. 이 사실 하나만으로도 우리에게 가장 소중한 것은 바로 시간이라는 자명한 결론에 도달하게 됩니다.

우리가 소유하고 있는 것 중에서 가장 부패하기 쉽고 협상할 수 없는 상대인 시간. 언제나 우리 자신을 위해서 그 시간을 써야 합니다. 모든 순간마다 무언가를 생산하고 발전해나가야만 합니다.

시간은 위조할 수도 훔칠 수도 발명할 수도 없는 유일한 존재입니다.

기억하십시오. 시간은 돌이킬 수 없습니다.

승리의 감동을 아는 자만이
고난의 길을 갈 수 있다

괴로움이 남기고 간 것을 맛보아라.
고통도 지나고 나면 달콤한 것이다.

프랑스의 위대한 미술가 르누와르는 말년에 관절
염을 심하게 앓았습니다. 손은 비틀리고 근육에는 참기 힘든
강한 경련이 일었습니다. 모든 동작 하나하나가 고통 그 자
체였습니다.

그러나 르누와르는 손가락 끝으로 붓을 잡고 계속 그림을
그렸습니다. 그의 동료인 마티스는 슬픈 눈으로 르누와르를
지켜보았습니다.

어느 날, 마티스는 르누와르에게 왜 그런 고통 속에서도
그림을 고집하냐고 물었습니다.

르누와르가 미소를 지으며 대답했습니다.

"고통이 지나가면 아름다움이 남는다네."

내 갈 길을 간다

고난이 있을 때마다 그것이 참된 인간이
되어가는 과정임을 기억해야 한다.

내 관점에서 본다면 진정한 아름다움을 갖춘 사람
은 우리가 일상에서 만나는 평범한 사람들입니다. 나는 지금
까지 믿을 수 없는 장애를 딛고 성공한 여러 사람들을 만났
습니다. 그들은 어떤 패배의식도 단호히 거부했습니다. 그리
고 스스로의 힘과 노력으로 행복하고 성공적인 삶을 창조해
낸 것입니다. 그들의 이야기는 우리가 접할 수 있는 가장 아
름다운 이야기입니다.

이렇게 장애를 극복한 모든 사람들은 자신의 목표를 성취
하고자 하는 열망과 도전정신의 소유자들입니다.

당신이 이들처럼 굳은 의지를 갖는다면 다른 사람들을 탓하거나 변명을 늘어놓을 필요가 없습니다. 오직 스스로의 능력을 믿고 당신의 길을 간다면 성공의 열매를 맛보게 될 것입니다.

내가 최고를 위해서 포기할 것은 무엇인가?

남의 생활과 비교하지 말고
네 자신의 생활을 즐겨라.

나는 새해가 시작될 때마다 아주 의미 있는 의식을 진행해왔습니다. 그것은 1년 동안 내가 원하는 일들이 무엇인지 생각할 수 있도록 나의 모든 상상력을 동원하는 것입니다.

나는 내가 원하는 모든 일들을 하기 위해 필요한 시간이 얼마나 되는지를 계산해보았습니다. 계산 결과 하루 7시간의 수면시간을 포함해서 주당 300시간이 요구되었습니다. 그러나 한 주는 168시간, 나는 어떤 것들이 중요한 지를 구별해야 했습니다.

결국 나는 최상의 것을 선택하기 위해서 단순히 좋은 것은 과감하게 포기해야 했습니다.

나는 이 방법을 당신에게도 적극적으로 추천합니다.

재능은 쓸수록 늘어난다

재능은 우물과 같다.
쓸수록 가득 차고, 쓰지 않으면 말라버린다.

 성경에 나와 있는 달란트에 관한 이야기를 기억하십니까?

세 사람의 하인이 있었습니다. 주인이 외국으로 나가기 전에 그들을 불러 한 사람에게 1달란트, 또 한 사람은 2달란트, 마지막 한 사람은 5달란트를 주었습니다. 시간이 지나 주인이 여행에서 돌아와 세 사람에게 자기가 준 돈을 어떻게 썼느냐고 물었습니다.

5달란트를 받은 사람은 받은 돈 모두를 투자해서 두 배로 만들어냈고 2달란트를 받은 사람도 마찬가지로 두 배로 늘어난 돈을 가지고 왔습니다. 그러나 1달란트를 가지고 있던 사람은 그것을 땅에 묻어두었다고 대답했습니다.

주인은 1달란트를 준 사람에게 "악하고 게으른 종아!"라고 소리를 지르며 그 하나마저 빼앗아 10달란트를 가지고 있는 사람에게 주었습니다.

우리는 재능을 묻는 것이 아니라 그것을 투자하고 사용해서 넘쳐흐르게 해야 합니다. 그럴수록 더욱 많은 것을 얻게 될 것입니다.

자신을 바라보는 방법은
행동에 영향을 미친다

말도 아름다운 꽃처럼 그 색깔을 가지고 있다.

긍정적인 말이나 부정적인 말 모두 한 문장으로 표현할 수 있습니다.

예를 들어, "난, 잊지 않기를 바래." 또는 "내가 잊지 않게 해 줘."라는 식으로 말하는 사람들은 그 자신을 부정적인 방향으로 인도하고 있는 것입니다. 이것보다는 "난, 내 책상 서랍에 넣어둔 열쇠를 기억할 거야."의 화법은 어떨까요? 훨씬 긍정적인 느낌이 들지 않습니까?

이런 종류의 말들은 끝이 없습니다. 나는 당신에게 작은 노트를 갖고 다닐 것을 제안합니다.

그래서 자신을 부정적인 모습으로 묘사하는 표현들이 떠오르면 그때마다 노트에 쓰십시오. 그리고 다시 그런 표현들을 긍정적인 말들로 바꿔 이야기하십시오.

당신에게 가장 영향력 있는 사람은 바로 당신 자신입니다. 따라서 자기 스스로에게 말하는 것에 대해 언제나 신중해야 합니다.

따뜻한 격려를 아끼지 말라

말 한마디로 천냥 빚을 갚는다면
따뜻한 격려 한 번은 대체 얼마의 가치를 지닐까?

뉴욕의 한 사업가가 지하철역으로 들어갔습니다. 그는 플랫폼에서 구걸을 하며 연필을 팔고 있는 남자를 발견하고는 1달러를 그 남자의 컵 속에 떨어뜨렸습니다. 그리고는 지하철을 타기 위해서 서둘러 발길을 옮겼습니다.

지하철 앞에 선 사업가는 무슨 생각이 들었는지 다시 구걸하는 남자에게로 돌아왔습니다. 그는 걸인의 컵에서 몇 자루의 연필을 뽑아 들면서 자기가 조금 전에 가져가는 것을 잊었다고 설명했습니다. 덧붙여서 그는 "나나 당신이나 사업하는 사람 아닙니까. 제가 연필을 가져가는 것이 공정한 거래라는 것을 이해하시죠?"라고 말했습니다.

　몇 달 후 아주 말끔하게 차려입은 세일즈맨이 그 사업가를 찾아와서 자신을 소개했습니다.

　"당신은 아마도 저를 기억하시지 못할 것입니다. 그러나 나는 당신을 잊을 수가 없습니다. 당신은 나에게 자긍심이란 것을 다시 찾아준 사람입니다. 당신이 나를 사업가라고 불러주기 전까지 나는 길에서 돈을 구걸하며 연필을 파는 거지에 불과했습니다. 그러나 당신의 그 한마디로 다시 태어났습니다."

　한마디의 격려가 다른 사람에게 무엇과도 바꿀 수 없는 힘이 된다는 것을 지금까지는 몰랐을 수도 있습니다. 그러나 지금부터는 주저하지 마십시오.

당신의 운명은 희망의 크기에 의해 한정된다

우리의 어제와 오늘은
우리가 쌓아올리는 벽돌이다.

존 존슨은 아칸소 주 아칸소 시에서 자랐습니다.

이 아칸소 주가 지리학적으로 세계의 중심이 된다는 사실을 알고 계십니까?

그곳에서 출발하면 가고 싶은 곳은 어디라도 갈 수 있습니다. 그곳에서 갈 수 있는 최대한의 거리는 1만 2천 마일 정도입니다.

처음에 존슨은 자기가 태어난 엉성한 양철집에서 2천 마일이 약간 넘는 지점까지 갈 수 있었습니다. 그리고 그는 시카고의 고급주택지 골드 코스트와 캘리포니아의 팜 스프링

스에 있는 밥 호프의 이웃에서 살 수 있을 정도로 더 나아갔습니다. 그는 미국에서 400위 안에 드는 부자 중의 한 사람이 된 것입니다.

당신 역시 어디에 살든, 지리적으로 그곳이 이 세상의 중심이든 아니든 당신은 운이 좋은 사람입니다.

당신은 지금 서 있는 곳에서 당신이 원하는 어떤 곳으로도 갈 수 있기 때문입니다.

상대방의 입장을 이해하라

상대방에게 자신의 가장 소중한 것을 베푼다면
당신 또한 그로부터 가장 소중한 것을 얻게 된다.

걸프전쟁을 승리로 이끈 슈왈츠코프 장군이 유명
한 여성 앵커인 바바라 월터스와 인터뷰를 할 때의 이야기입
니다.

바바라가 장군에게 그가 생각하는 리더십은 어떤 것인지
물었습니다. 그는 잠시 생각을 하더니 이렇게 말했습니다.

"먼저 리더는 능력이 있어야 합니다. 그리고 인격을 갖추
어야 합니다. 또 과감하게 실천할 수 있어야 합니다. 마지막
으로 리더는 윤리적으로 올바른 일을 위해서 행동할 줄 알아
야 합니다."

'능력, 인격, 실천력, 정의감', 바로 이 네 가지는 사업의 성공을 위해 절대적으로 필요한 자질이기도 합니다.

인터뷰 도중 바바라가 그에게 그가 죽은 후 비석에 어떤 내용이 새겨지기를 원하는지 물었습니다. 답변을 생각하는 장군의 눈에 갑자기 작은 이슬이 맺혔습니다. 그리고는 "'그는 가족과 부하들을 사랑했다. 그리고 그들도 모두 그를 사랑했다.' 이렇게만 쓰여진다면 나는 행복할 것입니다."라고 이야기했습니다.

상대방의 입장을 이해하는 능력을 갖는 것은 아주 중요합니다. 당신이 상대방의 감정을 진실로 이해한다면 그 사람과 아주 자연스럽게 대화할 수 있을 것입니다. 그리고 그 사람을 효과적으로 리드할 수 있습니다.

아이들은 사랑이 있는 곳에 머문다

인간의 온갖 염원의 궁극적인 목표는
행복한 가정을 이루는 것이다.

 다음과 같은 실험을 한번 해보십시오.

집에 전화벨이 울리면 가족들이 전화를 받으러 달려올 것
입니다. 그럼 먼저 당신이 전화를 받으십시오. 그때 당신의
옆에 있는 아이를 바라보며 밝은 목소리로 전화기에다 이렇
게 말해보십시오.

"여보세요. 몰리의 자랑스런 엄마입니다. 누구를 바꿔 드
릴까요?"

"여보세요. 폴의 자랑스런 아빠입니다."

라고 말입니다.

처음 몇 번은 쑥스러울 것입니다. 옆에 있던 당신의 아이 또한 처음에는 어깨를 으쓱하면서 "에이! 엄마." 또는 "에이! 아빠." 하고 말할 지도 모릅니다.

하지만 나는 보증합니다. 다음에 전화벨이 울리면 아이는 당신이 또 그렇게 대답해주길 바라고 있다는 것을요.

왜 그럴까요? 이유는 간단합니다. 당신의 사랑을 말로 표현함으로써 아이에게 강한 감동을 준 것입니다.

사랑을 적극적으로 보여주십시오. 사랑이 있는 곳에 감동이 흘러넘칩니다.

희망의 연료를 공급받아라

동기부여는 성공이란 차에 들어가는
단 하나의 연료이다.

한 축구팀이 상대팀을 압도하면서 경기를 하고 있었습니다. 후반전이 시작되자마자 지고 있던 팀에 갑자기 큰 변화가 일어났습니다. 모든 선수들이 미친 듯이 힘을 내기 시작한 것입니다. 그 선수들은 할 수 있다는 믿음, 이길 수 있다는 자신감에서 나오는 희망의 연료를 공급받은 것입니다. 그들은 승리감을 느꼈고 지금까지 경기를 압도하고 있던 상대방 선수들의 당황한 눈빛에서 더욱 확신을 얻어 열심히 뛰었습니다.

인생도 이와 같습니다. 뭔가가 긍정적으로 진행된다고 생각하면 우리는 힘이 납니다. 그러나 불안감을 느끼기 시작하면 기운이 빠지고 자신감을 잃게 됩니다. 그래서 동기부여가 중요한 것입니다.

우리가 시간에 맞춰 식사를 하는 것처럼 인생을 최대한으로 즐기고 싶은 사람은 자신의 마음에 규칙적으로 동기를 부여해주어야만 합니다.

훈련 없이 챔피언이 된 선수는 없다

잠재력은 훈련과 노력을 통해 재능이 된다.

사전을 찾아보면 '훈련'의 뜻은 '지도하고 교육하는 것이고, 정신적인 무장과 정확한 원리와 올바른 습관을 길러주는 것이며, 지도에 의해 미리 준비하는 것'이라고 나와 있습니다.

작가 시빌 스탠튼은 '진정한 훈련'이란 당신의 등에 달라붙어 귀찮게 구는 존재도 강박관념도 아닌 당신 옆에 나란히 서서 슬쩍 팔꿈치로 찌르며 미래를 위한 격려를 하는 것이라고 했습니다.

위대한 바이올린 연주가 아이작 스턴은 이런 질문을 받은 적이 있습니다.

"천재적인 재능은 타고나야만 하는 것입니까?"

아이작은 그렇다고 대답했습니다. 그러나 진정한 음악가는 만들어진다고 말했습니다. 즉, 천재적인 재능을 가진 사람도 피나는 노력이 있어야 위대한 음악가가 될 수 있다는 뜻입니다.

아무리 훌륭한 재능을 타고났다 하더라도 올바른 훈련과 힘든 노력이 없다면 잠재력은 말 그대로 영원히 잠재력으로만 남을 것입니다.

마음의 평화를 잃은 자는
더 이상 잃을 것이 없다

조화와 마음의 평화는 유행이나 경향과 상관없이
항상 같은 방향을 가리키는 도덕적 나침반을
따르는 데서 찾을 수 있다.

23년 동안 캐서린 파웰은 도망자였습니다. 경찰
관 한 명이 사망한 은행강도 사건에서 그녀가 자동차를 몰았
기 때문입니다. 극도의 불안과 흉악한 범죄에 가담했다는 죄
책감에 시달리던 그녀는 드디어 자수를 했습니다.

그녀는 육체적으로는 자수를 한 것이지만, 정신적으로는
갱생을 얻은 것입니다. 스스로 만든 감옥 안에서의 삶은 단
순히 몸이 갇혀 있는 것과는 비교도 되는 않는 엄청난 고통
이었습니다.

재판정에서 판사가 8년에서 12년까지의 징역형을 선고했

을 때 그녀는 드디어 평온함을 느낄 수 있었고, 안도와 희망의 밝은 미소를 지었습니다.

이 미소는 말로는 표현할 수 없는 오랜 고난과 고독의 시간에서 풀려난 사람만이 지을 수 있는 참된 미소였습니다.

혹시 당신의 영혼도 지금 고통받고 있지는 않습니까?

당신은 유일하고 특별한 존재다

당신의 동의 없이는 누구도 당신에게
열등감을 느끼게 할 수 없다.

몇 년 전, 나는 렘브란트의 그림 한 점이 1백만 달러에 팔렸다는 기사를 읽었습니다. 기사를 읽으면서 "세상에, 어떤 그림이길래 이런 어마어마한 금액에 팔린 것일까?"라는 생각을 했습니다. 그리고 연속적으로 몇 가지 생각들이 더 떠올랐습니다.

첫 번째로, 분명 그 그림은 뭔가 특별할 것이라는 느낌이었습니다. 두 번째로, 렘브란트는 천재라는 생각이었습니다.

오늘날 세상에는 수십억 명의 사람들이 살고 있습니다. 그러나 당신은 그 중에서 단 하나뿐인 유일하고 존귀하며 특별한 존재입니다. 이러한 특성이 당신에게 돈으로 헤아릴 수 없는 가치를 부여하고 있습니다.

렘브란트를 창조하신 하느님은 당신도 창조하신 것입니다. 하느님이 보시기에 당신은 그 누구와도 비교할 수 없는 소중한 존재입니다.

자신의 단점을 인정하고 극복하라

어떤 문제에 직접 뛰어들었다고 해서 늘 그 문제가
해결되는 것은 아니다. 그러나 문제에 직접 맞서지
않고서는 절대로 그 문제를 해결할 수 없다.

자신의 단점을 인정하는 것은 진정한 의미의 승리
입니다. 누구나 어떤 부분에서건 자신만의 취약점을 가지고
있습니다. 현명하고 용기 있는 사람은 자신의 단점과 취약점
을 솔직히 인정합니다.

나에게는 포르노에 탐닉했다가 그것을 극복한 친구가 있
습니다. 자신의 단점을 인정한 그 친구는 그 이후로는 피부
색 비슷한 것만 봐도 도망을 칩니다. 만약 그 친구를 이상야
릇한 곳에 놓아두거나 유혹적인 장면을 보여준다고 해도 그
즉시 자리를 피할 것입니다.

그것이 현명한 것입니다.

당신에게 약점이 있다면 그것을 인정할 수 있도록 강해지십시오. 그리고 어떤 경우에도 흔들리지 않도록 도움을 받으십시오.

자신의 의미에 초점을 맞춰라

오늘 1,440분의 아름다운 순간들을
어떻게 보낼 것인지를 생각하라.
그리고 그 순간들을 현명하게 보내라.

자신의 잠재력을 얼만큼이나 깨닫고 있습니까? 당신은 의미 있는 존재가 되어야 합니다. 불행하게도 대부분의 사람들은 자신이 원하는 것에 대해서 막연한 생각을 할 뿐입니다. 그 막연한 생각에 기초해서 일관성 있는 행동을 하는 사람은 더욱 드뭅니다. 일반적인 사람들은 단순히 어제 자신이 한 일이기 때문에 매일매일 직장으로 향합니다. 일터로 가야 하는 이유가 단지 어제 갔기 때문이라면 오늘 그가 어제보다 더 효율적으로 일할 가능성은 거의 없습니다.

해리 에머슨 포스딕은 말했습니다.

"어떤 증기나 가스도 그것이 모아지기 전까지는 아무것도 움직일 수 없다. 어떤 강물도 그것이 댐의 터널을 지나 동력이 되기 전까지는 빛이 될 수 없다. 어떤 삶도 그것이 하나에 초점을 맞춰 매진하고 훈련되기 전까지는 성장할 수 없다."

있는 그대로의 사실을 받아들여라

연애에서 사실을 부정하는 것은
비극적인 결말의 서막이다.

 혹시 이런 경험이 없으십니까?

새로운 이성을 알게 됐습니다. 그런데 "그냥 우리는 친구일 뿐이야."라고 스스로를 속인 경험 말입니다. 나는 많은 사람들이 이런 경험이 있을 것이라고 확신합니다.

만난 지 얼마 되지 않아서는 아마 진짜 그럴 수도 있습니다. 그러나 대부분의 경우에 있어서 이 단순한 우정관계는 시간이 지나면 지날수록 친구 이상의 관계로 변화하고 맙니다. 시간이 지나고 서로를 알아갈수록 상대방에 대한 지적인 혹은 직업적인 능력에 대한 존경심이나 그밖의 여러 가지 관심이 깊어지기 때문입니다.

좋았던 애정관계가 흔들리기 시작하면 '우리는 처음부터 잘못됐어.' 라고 자신들을 부정합니다. 이렇게 된 경우에는 아무 일도 없었던 것처럼 위선을 떨어서는 안됩니다. 현재의 관계에서 어떤 일이 발생했는지를 먼저 솔직하게 인정하고 다음으로 상대방에 대한 의지를 확인하십시오. 그리고 마지막으로 당신의 애정에 어떤 결점은 없었는지를 되새겨보십시오.

당신의 마음은 당신 뜻대로 움직인다

두려운 것은 죽음이나 고난이 아니라
죽음과 고난에 대한 공포다.

한 여성이 심각한 신장염에 걸렸습니다. 의사들은
그녀의 신장 하나를 제거하기로 결정하고 수술 일정을 잡았
습니다. 여자가 마취 상태에 있을 때 의사들은 수술 전 최종
검사를 했습니다. 검사 결과 의사들은 수술이 필요하지 않다
고 의견을 모았습니다. 결국, 신장은 제거되지 않았습니다.

그런데 마취에서 풀려나자마자 여자는 갑자기 소리를 질
렀습니다.

"오! 아파요. 너무 아파 죽겠어요. 수술이 잘못된 거 아니
에요?"

의사들이 수술을 하지 않았다고 이야기하자 그녀는 당황했습니다. 분명히 고통을 느꼈기 때문입니다.

이는 그녀가 마취 전, 극심한 고통을 예상하며 잠이 들었기 때문입니다. 때문에 마취에서 깨어났을 때, 그녀의 마음속에는 마치 수술이 있었던 것과 같은 통증이 자리잡게 된 것입니다.

생각은 실제와 환상의 차이를 구별하지 못합니다. 언제나 긍정적인 방향으로 사고하십시오. 그 긍정적인 사고가 당신에게 긍정적인 결과를 가져다줄 것입니다.

가족은 당신 삶의 가장 큰 축복이다

아이들은 어른의 말을 귀기울여 듣는 법이 없다.
그럼에도 불구하고 아이들은 어김없이 어른들을 흉내낸다.

얼마 전 아내와 나는 우리가 좋아하는 요구르트 가게에 들렀습니다. 요구르트를 먹고 있는 동안, 우리 두 사람은 '마카레나'를 추면서 아버지에게 춤을 가르쳐주고 있는 언니와 여동생의 모습에 정신이 온통 쏠려 있었습니다.

아버지는 그 춤을 따라 하는 것이 영 힘들어 보였고, 작은 딸아이는 그런 아버지의 모습이 재미있어 죽겠다는 듯 웃음을 터뜨렸습니다. 이 사랑스런 딸들과 아버지의 모습에 나역시 미소지을 수밖에 없었습니다.

아버지가 나이를 먹어감에 따라 이 딸들은 아버지를 더 극

진히 모실 것입니다. 현재 이 아버지가 딸들을 사랑으로 대하고 있기 때문입니다.

모든 것은 뿌리는 대로 거두기 마련입니다. 사랑도 마찬가지입니다. 당신의 사랑을 받고 자란 아이는 당신을 사랑으로 공경할 것입니다.

지금 당신의 곁에 사랑하고 사랑받을 수 있는 가족이 있습니까? 그렇다면 당신은 인생의 가장 큰 축복을 받은 사람입니다.

자신의 가치를 높이는 데 시간을 투자하라

인생의 질은 그들이 노력하려고 선택한 분야에
달린 것이 아니라 삶을 탁월한 것으로 만들기 위해
얼마나 헌신하느냐에 달렸다.

오랜 시간 나의 관찰에 따르면, 직장에서의 성공은 근무시간 이외의 시간을 어떻게 활용하느냐에 달려 있습니다. 예를 들어 하루 한 시간씩 텔레비전을 보던 시간에 새로운 기술을 획득하거나 영감을 주는 정보를 독서하거나 스터디 그룹에 참여하거나 외국어를 배우거나 글을 읽을 줄 모르는 사람에게 글을 가르쳐주는 일 등에 투자한다면—그밖에 무슨 일을 하건 스스로에게 자신이 가치있는 일을 할 수 있음을 알게 해준다면—당신은 자기 자신과 인생에 대한 새로운 기분을 맛보게 될 것입니다.

이는 인생에 새로운 원동력이 되어 당신의 자신감을 고취시켜줄 것입니다. 이렇게 고취된 자신감을 통해 당신은 효율적인 직장생활을 하게 될 것이고, 인생 전반을 대하는 태도 역시 효율적으로 바뀝니다.

내 안의 위대함을 꽃피워라

정상에 오른 사람들은 자신의 모든 에너지와
열정을 가지고 매사에 최선을 다했던 사람들이다.

우리는 미국의 제16대 대통령 에이브러햄 링컨에
대해 잘 알고 있습니다. 그리고 그가 미국의 대통령이 되기
전에 얼마나 많은 난관을 극복했는지도 잘 알고 있습니다.
우리가 알고 있는 많은 위인들은 모두 자기 안의 위대함을
꽃피운 사람들입니다.

우리는 누구나 자기 안에 위대함의 씨앗을 간직하고 있습
니다. 그렇지만, 무슨 연유에서인지 이 씨앗을 꽃피우는 사
람은 극소수에 불과합니다. 이들은 자신의 재능에 투자하고
자극받고 고무됨으로써 이 위대함을 꽃피우는 것입니다.

기회는 대단히 낯설고 흥미진진한 형태로 우리 주변에 널려 있습니다. 모든 것은 어디에선가 시작되어야 합니다. 이 세상의 모든 성공들은 그 크기에 상관없이 꿈을 성취하려는 마음과 다른 사람들과 더불어 그것을 공유하려는 마음에서부터 시작됩니다. 우리는 이제 시작해야만 합니다. 그렇다면 지금 당신이 있는 곳에서부터 시작하십시오.

아이들에게 책을 읽어주는 부모가 돼라

평범한 선생은 말을 하고, 좋은 선생은 설명하며,
우수한 선생은 시범을 보인다.
그러나 위대한 선생은 영감을 고취시킨다.

나의 초등학교 1학년 때 담임이셨던 워런 선생님
은 내게 책 읽는 법을 가르쳐주셨습니다. 그리고 6학년 때의
담임이셨던 윌리 선생님은 내가 책 읽는 것을 좋아하도록 이
끌어주셨습니다. 이 두 분은 오늘날 나를 있게 한 장본인입
니다.

부모들은 자녀들이 좋은 책과 잡지, 기사들을 접하고 그것
을 읽는 것을 좋아하도록 이끌어주어야 합니다. 간과하지 마
십시오. 아이들은 무엇이든 흡수합니다. 그리고 곧바로 그것
을 자신의 것으로 만듭니다.

당신 자녀의 모습을 살펴보십시오.

만약 당신이 늘상 텔레비전을 끼고 사는 부모라면 당신의 자녀들 또한 똑같은 모습일 것입니다. 그러나 당신이 좋은 책을 가까이 하는 부모라면 자녀들 또한 좋은 책을 가까이 하는 아이들일 것입니다.

당신은 어떤 모습의 아이들을 원합니까? 명심하십시오. 지금 당신이 보고 있는 아이들의 모습이 바로 당신의 모습이라는 사실을.

행복은 감사하는 마음에서 비롯된다

감사하는 태도야말로 가장 중요한 것이며,
당신의 인생을 변화시키는 가장 큰 계기가 된다.

일생 동안 우리는 하느님에 대해 감사의 마음과 신랄하고 오만한 태도 중 하나를 취하게 될 것이라고 잭 그레이엄 박사는 말했습니다. 그는 이 주장을 좀더 확장시켜 우리 일상 속의 감사하는 태도에 대해 이야기한 바 있습니다. 그의 말에 따르면 감사하는 마음과 태도를 가진 아이는 행복한 어른으로 자란다고 합니다. 반대로 쉽게 분노하고 매사에 비판적인 사람은 감사의 기쁨을 모르는 불행한 사람들이라고 합니다.

감사하는 마음은 당신을 건강하고 행복하게 만듭니다. 그리고 당신의 인생관을 변화시킵니다.

행복한 사람은 자신과 타인의 행복에 초점을 맞추지만, 불행한 사람은 언제나 자기연민과 회의 속에서 몸부림칩니다. 감사하는 마음을 가진 사람은 낙관적으로 세상을 바라보며 어떤 상황에서나 기회를 포착하고 그것을 통해 성공의 사다리에 오릅니다.

감사하는 마음을 가지십시오. 당신의 삶에 다가올 많은 행복들은 바로 그 마음가짐에서 시작됩니다.

우리에게 필요한 것은 희망이다

용서는 용서할 수 없는 것을 용서하는 것이다.

신앙은 믿을 수 없는 것을 믿는 것이다.

희망은 희망이 없을 때 희망하는 것이다.

래리 토마스는 텍사스 주 댈러스에 있는 댈러스 생명재단의 중역입니다. 래리와 댈러스 생명재단은 거리에서 홈리스를 없애는 데 열정적으로 헌신하고 있습니다.

래리는 "한 때 나는 모든 홈리스들에게 필요한 것은 기술을 배우거나 직업을 갖는 것이라고 믿었다. 하지만 오랜 경험을 통해 그들에게 가장 필요한 것은 그들이 희망을 갖도록 도와주는 것이라는 사실을 깨닫게 되었다."고 말합니다.

자신의 문제를 영원히 풀 수 없는 것이라고 믿는 사람은 쉽게 포기합니다. 그러나 그것은 개인의 내면의 문제이지 기술의 문제가 아닙니다. 만일 누군가가 자신의 문제를 일시적이고 특수한 것이라고 믿는다면 문제 해결에 있어서 낙관적인 비전을 가지게 될 것입니다. 그리고 자신의 미래에 대해서도 낙관적이 될 것이고, 이런 낙관적인 비전을 가지고 문제점을 극복하기 위해 계속 노력할 것입니다.

비판을 받아들여라

타인의 비판으로 인해 패배감을 곱씹을 필요는 없다.
비판은 당신의 요리법에 따라 다른 음식이 된다.

일반적으로 비평가에 대한 우리의 인식은 그다지 좋지 않습니다. 우리는 그들을 인정하기보다 경계하고 배척합니다. 이것은 부정할 수 없는 사실이지만, 그들이 분명 우리 사회에서 중요한 역할을 담당하고 있다는 사실을 간과해서는 안됩니다. 그들은 우리가 쉽게 지나치는 것들을 예리하게 지적하는 한편, 그것을 알아내도록 도와줍니다.

인간관계도 마찬가지입니다. 당신 자신보다도 당신의 약점과 단점을 잘 파악해 그것을 지적해주는 친구들이 있습니다. 당장은 그들의 지적이 맘에 들지 않을지도 모릅니다. 그러나 시간이 지날수록 그들의 충고와 지적은 당신에게 큰 힘이 되어주기도 하고 당신이 나아가야 할 올바른 길을 보여주기도 합니다.

어떤 일에 종사하던 간에 비판을 피하기는 쉽지 않습니다. 그 비판을 어떻게 다루느냐에 따라서 성공과 실패가 좌우됩니다. 당신에게 솔직하고 날카로운 비판을 아끼지 않는 비평가 같은 친구들의 소중함을 깨닫고, 그 비판을 냉철하게 받아들이십시오.

내 인생을 연주하는 건 바로 나 자신이다

우리의 결정은 자신의 근본적인 믿음과
성격의 특징에 따른 것이다.

우리가 살고 있는 오늘날은 모든 것에 대한 변명
과 책임전가의 홍수로 넘쳐나고 있습니다. 무언가가 잘못되
면 누구나 어김없이 이렇게 말합니다.

"그건 내 잘못이 아냐!"

피아노를 치는 두 사람이 있었습니다. 한 사람은 피아노를
칠 때마다 늘 시끄러운 소리를 냈습니다. 그러나 또 다른 한
사람은 항상 조화롭고 아름다운 소리를 냈습니다.

그들의 연주를 들은 사람 중 어느 누구도 피아노가 잘못되
었다고 말하는 사람은 없었습니다.

나는 이 작은 비유를 좋아합니다. 불협화음이 있는 것처럼 화음도 있습니다. 피아노를 제대로 연주하십시오. 그러면 피아노는 아름다운 소리를 내게 될 것입니다. 피아노를 엉망으로 연주하면 피아노는 끔찍한 소리를 내게 될 것입니다.

우리의 인생 자체에 어떤 결함과 잘못이 있는 것이 아닙니다. 그것은 어떤 사람이 어떻게 연주하느냐에 따른 문제입니다. 당신의 인생을 연주하는 사람은 바로 당신입니다. 인생을 조화롭게 만들어나가십시오. 그리고 미래에 대한 책임감을 받아들이십시오. 당신의 미래는 훨씬 조화롭고 아름다워질 것입니다.

실패는 끝이 아니라 성공의 또 다른 시작이다

위대한 사람은 실수를 하지 않는 사람이 아니라
자신이 저지른 실수보다 더 큰 일을 한 사람이다.

우리에게 일어나는 대다수의 '사고'는 사실상 사고가 아니라 전혀 예기치 않은 결과를 초래한 여러 가지 상황들의 우연한 집합입니다.

이 모든 것의 핵심은 바로 사태를 받아들이는 자세에 있습니다. 열린 마음으로 수용하십시오. 어떤 결과가 당신의 예상과 다른 형태로 나타났다고 해서 그것이 반드시 잘못된 것만은 아닙니다. 최상의 요리는 여러 가지 조리법과 여러 요소들을 혼합해 몇 번의 실패를 거듭하며 재도전한 끝에 탄생되는 것입니다.

사고가 발생했을 때 그 결과가 최악일지라도 그것을 다시 한 번 세밀하게 살펴보십시오. 물론 실수 자체를 없었던 것으로 만들 수는 없습니다. 그러나 그것을 세밀하게 분석하는 과정을 통해 새로운 결과를 이끌어낼 수도 있는 것입니다.

실패에 좌절하지 말고 그것을 딛고 그 너머로 도약하십시오. 그 너머에는 또 다른 성공과 무한한 가능성이 펼쳐져 있습니다.

당신은 지금 살아있다

과거를 바꿀 수는 없다.
그러나 미래에 대한 불안과 걱정으로
완벽한 현재를 망칠 수는 있다.

이미 지나가 버린 과거의 실패에 집착하고 아직 닥치지 않은 내일을 두려워하다 보면 우리의 현재는 엉망이 되어버리고 맙니다. 또한 집착하고 걱정하며 나쁜 것에만 집중하는 인생은 견딜 수 없을 정도로 길고 지루하게 느껴질 것입니다. 이제 그런 방식을 버리고 다음과 같은 간단한 접근방식을 시도해보십시오.

이 글을 읽고 먼저 당신이 지금 분명히 살아있다는 사실을 자각하십시오. 당신은 밤새 아무 일 없이 오늘 아침 무사히 잠자리에서 깨어났습니다. 그 사실을 명심하십시오. 그리고 감사하십시오. 그리고 당신이 경험했던 유쾌하고 긍정적인 일들에 집중하십시오.

당신의 그 유쾌한 경험을 바탕으로 당신에게 다가올 아름다운 시간에 초점을 맞추면 당신의 하루하루는 기적과 같은 나날이 될 것입니다.

아이들에게 물고기를 잡아주지 말고 잡는 방법을 가르쳐라

재능은 스스로 기회를 만든다.
하지만 때로는 강렬한 욕망이 그 나름의 기회뿐만 아니라
그 나름의 재능까지도 만들어낸다.

더그 블레빈은 몸이 불편한 관계로 어린 시절부터 침대에 누워서 지내거나 휠체어에서 생활할 수밖에 없었습니다. 그러나 그는 남들과 다른 열정으로 삶에 임했습니다. 그 열정은 한번도 축구공을 차 본 적 없는 더그에게 축구에 대한 열망을 낳게 하였고, 그 열망은 기회와 재능을 만들어 주었습니다.

현재 더그는 마이애미 돌핀스의 축구 코치입니다.

더그의 부모님은 남들처럼 달릴 수도, 공을 찰 수도 없는 어린 더그에게 그의 신체에 대해 올바르게 인식시켜주었습

니다. 그리고 깊이 생각하고, 공부하며, 계획을 세우고, 준비하는 법을 가르쳤습니다. 그렇게 부모님으로부터 신체적인 제약에 좌절하지 않고 기회를 준비하고 열정을 키워나가는 법을 배운 더그는 마침내 축구에 대한 자신의 꿈을 이루게 된 것입니다.

더그의 부모가 한 것처럼 당신 역시 자녀에게 단순히 재능을 키워주기보다 재능을 찾아나갈 수 있는 방법을 가르쳐주십시오.

부모의 지도 아래 더그는 모든 일을 할 수 있었습니다. 그리고 마침내 자신이 바라던 소망을 이룰 수 있었습니다. 더그와 같이 할 수 있도록 여러분의 자녀들을 이끄십시오.

헌신적인 사람들은 확실한 안정과
성공이 보장되는 보험을 든 것이다

노동은 인생을 감미롭게 한다.
노동을 미워하는 자만이 고뇌를 맛본다.

내 사위는 지그 지글러 주식회사에 입사하기 전, 미국 최대 규모의 주택조합에서 관리자로 일하고 있었습니다. 그는 그곳에서 5년 동안 일하면서 단 한 번도 지각을 한 적이 없었습니다. 그는 자신의 일과 회사, 직장동료들을 진심으로 좋아했습니다. 그리고 언제나 하루 일당의 임금보다 더 많은 수고와 노력을 아끼지 않았습니다.

이 같은 직업관과 자세는 그에게 진정한 의미의 직업을 보장해주었습니다.

물론 현실적으로 볼 때, 최선의 노력에도 불구하고 통제할 수 없는 사태가 벌어지는 경우도 있습니다. 하지만 그렇다고 해서 자신의 직무를 소홀히 할 수는 없습니다.

다니던 사회가 갑자기 몰락했을 때, 당신은 사장으로부터 어떤 종류의 추천서를 받을 수 있을 거라고 생각합니까?

이 점을 한번 생각해보십시오. 고용안정이라는 것은 결국 당신이 노력한 만큼 얻어지는 것입니다.

실수를 인정하고 그 실수로부터 교훈을 얻어라

오늘 할 수 있는 일에만 전력을 쏟아라.

'나는 과연 어떤 존재인가?' 라는 물음에 대한 해답은 현재 당신이 무엇을 하고 있으며, 어디에 있는가에 달려 있습니다. 이는 당신이 결정했던 선택이나 혹은 자신을 위해 행했던 모든 일 때문입니다. 사고는 일어나기 마련이며, 비난도 받기 마련입니다. 하지만 사고나 비난은 규칙이 아니라 하나의 예외일 뿐입니다.

얼마 전, 한 젊은 여성이 나를 찾아와 자신은 두 번이나 결혼에 실패했다면서 한탄을 늘어놓았습니다. 그렇게 자신을 비하하고 있는 그녀에게 나는 그녀가 수천 번의 탁월한 선택

중에서 단지 두 번의 실수를 한 것뿐이라는 것을 상기시켜주었습니다.

그런 설명이 즉각적인 치유의 효과를 발휘하는 데 아무런 도움이 되지 않았을지도 모릅니다. 하지만 적어도 그녀에게 생각할 기회는 준 셈이었습니다.

나는 모쪼록 그녀가, 그리고 이 글을 읽는 여러분 모두가 그와 같은 긍정적인 사고를 구축해나가기를 바랍니다.

성공은 작은 절약에서 시작된다

성격의 기초는 강의에 의해 형성되는 것이 아니라
날마다 벽돌을 쌓듯이 좋은 사례를 쌓아올리는 데 있다.

어느 날 욕실에서 사소한 부주의로 세면대 바닥에
샴푸를 쏟고 말았습니다. 어차피 머리를 감을 예정이었기 때
문에 일단 쏟아진 샴푸를 대강 머리에 바르고, 면도를 하고
있었습니다. 그때 갑자기 아들이 들어왔습니다. 아들은 샴푸
가 잔뜩 묻어 있는 내 머리카락을 쳐다보고는 놀라서 물었습
니다.

"아버지, 그 머리에 묻은 것이 대체 뭐예요?"

"세면대에 샴푸를 쏟아서 그걸 우선 머리카락에 발라놓았
단다."

내가 이유를 설명하자 아들이 대답했습니다.

"아버지, 아버지가 뭘 좀 낭비했다고 해서 아버지를 비난할 사람은 아무도 없어요."

부모는 모든 상황에서 자녀들에게 일정한 원칙을 보여줄 기회를 놓쳐서는 안된다는 것이 나의 평소 소신입니다. 그래서 나는 미소를 지으면서 아들에게 설명했습니다.

"애야, 네가 타고 다니는 포드 스포츠카는 우리가 이처럼 '사소한' 것을 아끼고 잘 이용했기 때문에 살 수 있었던 거란다."

당신의 성격은 미래의 전망을 결정한다

우리는 다른 사람에게 성격을 부여할 수 없다.
그러나 그들로 하여금 자기 나름의 성격을 소유하고
발전시킬 수 있도록 권장할 수는 있다.

창조성 연구센터는 자기 분야의 밑바닥에서부터 시작하여 정상에 오른 사람들을 연구하고 있습니다. 이 연구에 의하면 성격의 결함으로 인해 일단 신용이 무너지면 조직에서 얼마나 높은 지위에 있었던 간에 스스로 보이지 않는 편견의 벽을 만든다고 합니다. 그리고 그 편견의 벽으로 인해 도태되고 만다는 겁니다.

직업시장에서 필요로 하는 사람은 개성과 일관성을 가진 사람입니다. 그들은 필요한 기술을 배우려는 자세와 마음가짐을 가진 사람이기 때문입니다. 개성과 일관성이라는 긍정

적인 자질을 직업시장에서 필요한 특수한 기술과 잘 조화시
키게 될 때, 우리는 비로소 미래의 밝은 전망을 얻게 될 것입
니다.

성격의 기본기를 갖춰라

빅 샷은 계속해서 리틀 샷을 칠 때 얻어지는 것이다.

'천부적인 세일즈맨'이나 '타고난 재능을 가진 사람'으로 불리는 사람들이 있습니다. 이들은 분명 남다른 재능을 가지고 있는 사람들입니다.

그러나 120명의 정상급 예술가, 운동선수, 학자들을 5년간에 걸쳐 연구한 결과, 이들을 성공으로 이끈 요인은 타고난 재능이 아니라 끈기와 결단력이라는 결론이 나왔습니다. 가장 탁월한 수학자로 평가받는 한 사람은 학창시절에 부각을 나타내기는커녕 학교 생활에 제대로 적응하지도 못했습니다.

연구조사자들은 이런 비범한 성공을 거둔 사람들의 가족과 교사, 친구들을 인터뷰했습니다. 이 인터뷰를 통해 광적인 몰입과 헌신이 오늘날의 그들을 만든 힘이었다는 것을 알게 되었습니다.

끈기와 노력을 대체할 성공의 기본 조건은 없다는 것을 명심하십시오.

기대만큼 얻는다

희망은 수동적인 것이 아니다.
그것은 적극적인 태도의 문제다.

 "나는 왜 늘 행복한가?"

어느 날 아침 아내와 함께 식탁에서 아침식사를 즐기는 동안, 문득 이런 생각이 떠올랐습니다. 이는 나의 하루하루가 크고 작은 많은 기대들로 가득 차 있기 때문입니다.

아침에 팬케이크를 먹은 전날 밤, 아내와 나는 TV프로그램에서 맛있는 팬케이크가 나오는 것을 보았습니다. 그리고 우리가 예전에 갔었던 팬케이크 전문점에 대한 이야기를 나누었습니다. 나는 다음날 아내가 팬케이크를 만들어주지 않을까 하는 은근한 기대 속에 잠이 들었고, 그런 나의 기대에

부응해 아내는 아침식사 때 맛있는 팬케이크를 만들어주었습니다.

하버드 대학의 연구에 의하면 세미나나 수업에 참석할 때 지식에 대한 기대를 가지고 수업에 임하는 사람은 그렇지 않은 사람보다 훨씬 많은 것을 얻어낸다고 합니다.

우리는 우리의 기대만큼 얻어냅니다. 간혹 기대한 만큼을 얻어내지 못한다 해도 그에 대한 보상으로 기대하지 않았던 것에서 많은 것을 얻어내기도 합니다. 이 '기대'의 원칙은 인생의 모든 면에 적용됩니다.

건강한 유머감각을 가져라

우리는 남의 기쁨에서 우리의 슬픔을 뽑아오고,
남의 슬픔에서 우리의 기쁨을 얻어온다.

우리는 탁월한 유머감각을 통해 사회생활이나 인
간관계에서의 자신감을 얻을 수 있습니다. 재미있는 상황이
나 자기 자신을 유머의 소재로 삼는 한편, 인생과 자신에 대
해 진지하게 생각하는 사람들을 조롱하면서 유머의 대상으
로 삼기도 합니다.

유머의 사전적 정의는 황당하거나 환상적인 생각에 상상
력을 부여하는 특질이며, 우스꽝스럽거나 바보 같은 짓 또는
그런 표현에 의해서 맛보는 웃음과 유쾌한 즐거움을 불러일
으키려는 경향이라고 합니다.

건강한 유머는 원망이나 앙심을 발동시키지 않으면서도 상대방으로 하여금 자신의 어리석을 짓을 부끄러워하게 만듭니다.

우리는 유쾌한 웃음이 육체적으로나 감성적으로나 건강한 것임을 잘 알고 있습니다. 건강한 유머감각은 사람들을 비웃는 것이 아니라 그들과 함께 웃는 것입니다.

올바른 접근법을 선택하라

신발창이 닳기 전에 바지의 엉덩이 부분이 먼저 닳는다면,
잘못된 자리에서 너무 많은 접촉을 하고 있는 셈이다.

댈러스 카우보이의 워런 우드슨, 덴버 브롱코스의
테럴 데이비스, 피닉스 카디널스의 시몬 라이스의 공통점은
무엇일까요?

이 세 명은 탁월한 풋볼선수들로서 저마다 누릴 수 있는
최고의 명예를 누렸습니다. 또한 이들은 끊임없이 노력하는
선수들로도 유명했습니다. 세 사람 모두 자신을 특별하게 만
들기 위해 모든 노력을 쏟아부었습니다. 이들의 모습이 바로
오늘날 우리가 주목해야 할 직업윤리입니다.

이 탁월한 운동선수들은 객관적인 목표를 성취했습니다.

그들은 항상 다른 사람보다 더 많이 노력하고 열심히 일했습니다. 그리고 개인적인 명예보다 언제나 팀 전체를 위해 헌신했습니다. 그것은 분명 인생에 있어서 선택해볼 만한 접근법입니다.

올바른 접근법을 선택하십시오. 그리고 그 접근법으로 당신의 목표를 향해 매진하십시오. 당신은 분명 그에 대한 보답을 얻게 될 것입니다.

당신은 차이를 만들 수 있는 유일한 사람이다

"이런 일은 도저히 불가능해"에서부터 시작하는 것은
그 일을 불가능하게 만드는 유일한 지름길이다.

광야에서 소리치는 하나의 목소리는 광야를 생산적인 들판으로 변화시킬 수 없습니다. 하지만 이 하나의 목소리에 또 다른 목소리들을 더한다면 경이로운 일이 일어날 수 있습니다.

제너럴 모터스는 한 사람의 생각으로 출발했습니다. IBM과 제너럴 일렉트릭을 비롯한 대부분의 모든 회사와 사업체도 마찬가지였습니다.

한 사람이 어느 누구도 생각하지 못했던 아이디어를 개발해 그 아이디어를 다른 사람에게 팔고, 조만간 그 프로젝트에 열광하는 몇몇 사람들이 모여듭니다.

이 점에 주목하십시오. 이처럼 열정적인 목소리를 가진 단한 명이 집단을 조직하여 영향력을 행사하고 큰 이익을 창출해 모두를 성공에 이르게 합니다.

당신의 목소리는 미약할지도 모릅니다. 그러나 그 목소리가 만들어낼 수 있는 영향력은 당신이 생각하는 그 이상의힘을 가지고 있습니다. 당신의 목소리가 만들어낼 영향력을과소평가하지 마십시오.

비판을 무조건 수용할 필요는 없다

대다수의 문제는 잠재력의 결핍이 아니라 인내력의
부족에서 온다. 그것은 '좋은 점을 가지지' 못했기 때문이
아니라 '나쁜 점을 귀기울여 듣지' 않았기 때문이다.

미국 대다수의 비평가들은 '투나잇 쇼'의 사회자
제이 레노에게 결코 우호적이지 않았습니다. 그들은 제이 레
노를 자니 카슨과 비교하면서 머지 않아 '투나잇 쇼'의 사회
자가 자니 카슨으로 교체될 것이라고 예측했습니다. 하지만
제이 레노는 비평가들의 말에 결코 연연해하지 않았습니다.

오히려 그는 영감과 자극을 받기 위해 불쾌한 평들이 실린
신문과 잡지들을 책상 위에 잔뜩 쌓아 놓았습니다.

한 비평가는 그가 게스트들에게 너무 가벼운 질문만 한다
고 비난했습니다. 반면 다른 비평가는 그가 너무 기분 좋은

말만 한다고 비난합니다.

그런 악의에 찬 발언들은 결코 제이 레노의 심기를 건드리지 못했습니다. 왜냐하면 이 모든 반응과 비판은 1962년에 잭 파스가 자니 카슨으로 교체되었을 때 퍼부었던 비판과 다르지 않았기 때문이었습니다. 그들은 제이 레노에게 퍼부었던 그 무수한 비판의 말들을 그 당시 무명이었던 자니 카슨에게도 쏟아내었던 것입니다.

타인의 비판을 받아들이되 일정 부분을 무시하고 선별해 받아들이는 제이 레노식의 대처방법은 무자비한 비평가들로부터 당신 자신을 지켜줄 것입니다.

눈을 크게 뜨고 새로운 기회를 포착하라

비전은 생존을 위한 필수품이다.
비전은 신념에 의해 부화되고, 희망에 의해 유지되며,
상상력에 의해 점화되고, 열정에 의해 강화된다.

1991년, 새로운 아이디어를 가진 일군의 투자자들이 출현했습니다. 그들은 인디애나폴리스에서 진행되는 NCAA 챔피언십 게임의 마지막 네 경기가 진행되는 경기장을 65,000달러를 투자해 사들였습니다. 그리고 이 야구 경기장을 2만 2천 개의 작은 조각으로 나눴습니다.

이렇게 2만 2천 개의 조각으로 나눈 경기장을 경기에 열광하고, 기념을 원하는 2만 2천 명의 팬들에게 각각 24.95달러에 '선물' 했습니다. 일주일이 채 지나지 않아 65,000달러의 투자는 548,900달러가 되었습니다.

이런 기회는 도처에 널려 있습니다. 우리는 단지 눈을 크게 뜨고 기회를 포착해 행동을 취하면 됩니다.

당신의 상상력을 가동시키십시오. 그러면 새로운 개념이 열리게 될 것입니다.

성공과 실패는 나에게서 비롯된다

상황과 환경이 인생을 다채롭게 한다.
하지만 인생이 어떤 색깔을 띠게 될 것인지는
오랫동안 염두에 두고 선택해야 한다.

이 세상에서 가장 성공한 사람은 헤아릴 수도 없을 정도로 엄청난 실패와 직면했던 사람입니다. 에디 아카로는 처음 승리를 맛보기 전까지 300번의 경주에서 패배했습니다. 하지만 그는 역사상 가장 위대한 레이서 중 한 명이 되었습니다. 오프라 윈프리는 앵커 자리를 잃은 적도 있었고, 그녀의 쇼가 공중파를 타지 못하기도 했습니다. 하지만 오늘날 세계는 그녀의 성공에 박수갈채를 보내고 있습니다.

문제는 실패에 대한 우리의 반응입니다. 실패에 대한 반응에 따라 우리의 미래는 성공과 실패의 다른 길을 걷게 되는 것입니다.

이제 실패와 직면했을 때 "왜 하필이면 나야?"라고 묻는 대신, 다음과 같은 아서 애쉬의 말을 참고해보십시오.

"만약 성공하고 난 뒤 '왜 하필이면 나야?'라고 묻지 않는다면, 실패와 재난 뒤에도 '하필이면 왜 나야?'라고 물을 수 없다."

정신 다이어트를 하라

습관은 무료로 당신을 위해 일해 줄 유일한 하인이다.
습관을 형성할 수 있도록 노력하라. 그러면 혼수상태에
빠진다 하더라도 습관은 자동적으로 작동하게 될 것이다.

투입량은 전망을 결정합니다. 전망은 산출량을 결
정하고, 산출량은 성과를 결정합니다.

다행스럽게도 우리는 좋은 자료들을 접함으로써 우리 마
음에 어떤 양식을 제공할 것인지를 선택할 수 있습니다. 교
육적이고 영감을 주는 비디오 테이프를 본다거나 정보를 제
공하는 오디오 테이프를 차 안에서 듣는 것 등을 통해서 말
입니다.

당신이 원하는 것을 인생이 주지 않는다면, 사고를 변화시
키는 것이 해결책이 될 수도 있습니다. 우리가 생각하고 있

었던 것만을 계속해서 생각한다면, 앞으로도 생각한 것만을 행하게 될 것입니다. 만약 우리가 하고 있었던 일을 앞으로도 계속하게 된다면, 우리에게 주어진 것만큼만 계속 얻게 될 것입니다.

이 긍정적인 다이어트를 위해 정신적인 다이어트를 시작하십시오. 그와 같은 다이어트의 변화는 당신의 삶에 영원한 차이를 초래하게 될 것입니다.

남을 돕는 일이 스스로를 돕는 일이다

내가 고용되어서 다른 사람을 위해 봉사하게 될 때,
다른 사람에게 호의를 베푼다고 생각할 것이 아니라
빚을 지불한다고 생각하라.

디즈니 라디오에서 세일즈 매니저로서 일하고 있는 팸 론토스는 그녀가 하고 있는 일을 간절히 원하는 한 세일즈맨을 만났습니다. 그 세일즈맨은 그녀에게서 일을 배우고 싶어했습니다. 그녀는 그에게 자신의 모든 노하우를 가르쳐주었고, 얼마 후 그녀는 디즈니의 세일즈 분야 부회장으로 승진했습니다.

이처럼 교체와 이직에 대비하여 훈련을 하는 사람들과 다른 사람을 자기 수준으로 끌어올리는 사람들은 경영자의 눈에 상당한 열정을 가진 사람으로 비쳐집니다. 리더십과 경영은 언제나 필요한 것입니다. 때문에 다른 사람을 향상시킬 수 있는 사람은 자기 일만 하는 사람에 비해 승진의 사다리를 훨씬 더 많이 올라갑니다.

이와 같은 방법을 채택하십시오. 당신의 지식과 정보를 다른 사람과 나누고 공유하며 다른 사람을 좀더 고무시키는 사람이 되십시오. 그리고 그들에게 당신이 아는 것을 가르쳐주십시오. 그들을 돕는 것이 곧 자신을 돕는 것입니다.

문제 해결의 열쇠는 당신이 갖고 있다

문제가 당신을 찾아왔을 때에는
당신이 그것을 해결할 수 있다고 믿고 있기 때문이다.

인생에서 마주치게 되는 대부분의 문제점과 난관들은 그와 관련된 문제에 관한 상식적인 질문이나 단순한 관찰을 통해 쉽고 조용하게 해결할 수 있습니다. 어떤 문제가 발생하고, 그것에 대해 누군가에게 도움을 요청할 경우, 사실상 그 해결책은 먼 데 있는 게 아닙니다. 바로 자신 안에 있는 것임을 우리는 깨닫습니다.

문제 해결의 열쇠는 다른 누군가가 아닌 바로 당신이 가지고 있습니다. 그 사실을 명심하십시오. 성급하게 결론을 향해 뛰어들지 말고 결론을 향한 단계를 단순화시키십시오. 그리고 보다 간단한 질문을 스스로에게 던짐으로써 문제의 핵심으로 나아가십시오.

대부분의 경우 당신은 보다 쉽고 정확하게 해결책을 발견하게 될 것입니다.

동기는 우리 모두에게
없어서는 안될 동력이다

퍼즐 조각 하나하나를 맞춰나갈 때
그 기쁨으로 다음 조각을 손에 집어든다.

많은 사람들이 기분이 침체될 때면 음악을 들으며 가라앉은 기분을 다시 고양시킨다고 합니다. 그럴 때마다 나는 이렇게 되묻습니다.

"왜 기분이 가라앉을 때까지 기다립니까? 음악을 듣는 것을 하나의 습관으로 만드십시오. 그러면 당신의 기분은 언제나 고양되고 격려의 동기를 부여받게 될 것입니다."

가라앉았다가 '일어서는' 것보다는 상승돼 있던 상태에서 계속 '상승' 상태를 유지하는 것이 훨씬 쉽습니다. 여기에 동기가 가세할 경우에는 당신의 기분은 최고조로 가장 큰 효과를 나타내는 법입니다.

　동기라는 엔진에 연료를 공급하게 될 때, 우리는 보다 창조적인 아이디어를 얻게 되는 것입니다.

진정한 우정은 함께 성장하는 것이다

1천 명의 친구를 가진 사람은
어려울 때 필요한 친구 한 명이 아쉬운 법이며,
한 명의 적을 가진 사람은 도처에 있는 적과 만나게 된다.

사람들은 친구의 중요성과 그들의 역할에 대해 많은 말들을 합니다. 한 무명작가는 이렇게 말했습니다.

"인생에서 친구는 현관에 서 있는 기둥과 같다. 때로는 친구가 나를 떠받쳐주기도 하고, 어떤 때에는 그들이 나에게 기대기도 한다. 그들이 내 옆에 서 있다는 것만으로도 충분하다."

엘리자베스 폴리는 "친구란 우리의 즐거움을 배가시키고 우리의 슬픔은 반감시킨다."고 지적한 바 있습니다. 그렇기 때문에 가장 아름다운 진정한 친구 관계란 따로 분리되어 성장하는 것이 아니라 함께 성장하는 것입니다.

친구와의 우정은 값을 매긴다거나 우선순위를 정할 수 없는 소중한 것입니다.

기회를 포착하고 발전시켜라

호기심이 많은 사람만이 새로운 것을 배우고,
결단력이 있는 사람만이 장애를 극복하는 법을 배운다.

휴식하고 있는 몸은 언제까지나 휴식을 취하려는
경향이 있기 때문에 어떤 힘이 작용하지 않는 한 휴식상태를
유지하려고 합니다. 그 힘은 내부적인 힘일 수도 있고 외부
적인 힘일 수도 있습니다.

만약 우리가 외부적인 힘만 기다린다면, 결코 그런 힘은
발생하지 않을 수도 있습니다. "용감하게 난국과 맞서다."라
는 속담을 참고하십시오. 기회를 포착해 행동계획을 발전시
키고 인생으로부터 당신이 원하는 바를 결정하십시오. 그리
고 계획을 세워 추진하십시오.

흥미로운 사실은 우리가 설정한 객관적인 목표를 성취하지 못한다고 하더라도, 마냥 기다리고 있을 때보다 적극적으로 무엇인가를 추진할 때, 궁극적으로 좋은 결과를 가져온다는 것입니다.

진정한 행복은 어디에서 오는가

인생에서 당신의 성공을 측정하는
가장 훌륭한 판단기준은 당신이 얼마나 많은 사람을
행복하게 해주었는가 하는 점이다.

 행복의 사전적 정의는 다음과 같습니다.

"선을 즐길 때 발생하는 기분 좋은 감각이며, 욕망이 만족되는 존재의 상태. 고통이 없는 쾌락의 즐거움."

또한 1828년 노아 웹스터 사전은 다음과 같이 말하고 있습니다.

"관능적인 욕망의 만족으로부터 유도된 유쾌한 감각은 사람들에게 일시적인 행복을 부여해준다. 그렇지만, 마음의 평화와 신의 은총을 통해 누리게 되는 행복은 진실하고 영원하다."

당신은 상대방을 통해 즐거움을 얻을 수 있습니다. 하지만 당신이 상대방을 위해 무엇인가를 하지 않고서는 그 즐거움 속에서도 결코 행복해지지 않을 것입니다.

행복은 욕망하는 사람으로부터 비롯되는 것이기도 하지만 진정한 행복은 다른 사람을 위하고 배려하는 행동에서부터 우러나오는 것이기 때문입니다.

당신도 주변 사람들에게 행복을 나누어주십시오.

행복한 사람과 마주하는 것만으로도 즐겁다

행복에는 욕망을 적게 하고, 재산을 많게 하는
두 갈래의 길이 있다.

어느 정도의 쾌락은 인생의 필수요건입니다. 약간의 쾌락도 없이 행복해질 수 있는 사람은 아무도 없다고 확신합니다. 그럼에도 불구하고 우리에게 있어 쾌락은 그다지 중요한 것이 아닐 수도 있습니다.

어떤 쾌락에 빠져들기 전에 사용해 볼 필요가 있는 줄자가 있습니다.

"나는 이 쾌락을 무한히 반복하면서도 여전히 행복할 것인가?"

만약 그 대답이 "아니오."라면 그런 쾌락에 빠져드는 것을 경계해야 합니다. 이에 대해 그레타 파머는 다음과 같은 현명한 말을 남긴 바 있습니다.

"자기 자신의 행복만을 추구하지 않고, 사람에 국한하지 않은 모든 대상에 마음을 여는 사람이야말로 행복한 사람이다. 행복은 타인의 행복과 인류의 향상과 예술이나 수단이 아닌 이상적인 목적 그 자체를 추구하는 것에서 비롯된다."

노력이야말로 성공에 이르는 열쇠다

성공은 당신이 최선을 다했을 때
비롯되는 마음의 평화다.

심리학자인 캐롤 드웩에 따르면 학업성적이 탁월하게 좋은 것은 높은 지능 때문이라는 칭찬을 받은 아이들은 자신의 성취를 지능으로 측정하는 법을 배우게 된다고 합니다. 그렇기 때문에 자신의 성취가 저하되거나 저조할 때 그들은 실망과 좌절에서 벗어나기가 힘들다고 합니다.

하지만 노력이야말로 성공에 이르는 열쇠라는 가르침을 배운 아이들은 실패한 이후에도 노력을 게을리하지 않는다고 합니다.

시험에서 A학점을 받았을 때, "이 점수를 받기 위해 네가

정말 열심히 노력했다는 사실을 잘 알고 있단다. 그건 숙제를 열심히 한 것뿐만 아니라 학교에서의 좋은 학습 습관에서 비롯된 것이기도 해. 너의 노력은 정말 칭찬받을만 하단다. 그래서 난 네가 자랑스럽구나."라고 말해주는 것이 장기적으로 좋은 효과를 가져옵니다.

아이들의 지능이나 요령에 대해 칭찬하기보다 그들의 성의와 노력을 칭찬해주십시오. 그로 인해 아이들은 평생 동안 지속될 습관을 형성하게 될 것이며, 그 습관은 아이들을 인생의 승자로 만들어 줄 것입니다.

올바른 목소리에 귀를 기울여라

귀로 듣는 소리에는 두 가지가 있다.
하나는 소음이고 다른 하나는 진리를 향한 소리다.
진리를 말하는 소리에 귀기울여라.

  음악은 언제나 우리 인생에 영향을 미칩니다.

스코틀랜드의 애국지사인 앤드류 플레처는 1702년에 "당신은 법을 만들고, 나에게는 음악을 작곡하도록 허락하라. 그러면 난 당신의 나라를 통치할 것이다."라고 말한 바 있습니다.

플레처는 마음속에 품고 있는 단어들이 우리의 사고에 영향을 미치며, 또한 우리의 사고가 행동에 영향을 미치고, 우리의 행동이 결과를 산출한다—때로는 좋은 결과를, 때로는 좋지 않은 결과를—는 점을 분명히 말하고 있습니다.

대화, 독서, 관찰, 듣기 등을 통해 우리의 마음속에 들어온 것들이 우리의 행동에 영향을 미칩니다.

이에 대해 빌 샤핀은 다음과 같이 말했습니다.

"그릇된 목소리를 듣게 되면 당신은 그릇된 선택을 하게 될 것이다. 그렇기 때문에 올바른 목소리에 귀기울이게 될 때, 당신은 올바른 선택을 하게 될 것이다."

올바른 목소리에 귀기울이십시오. 당신의 선택에 자긍심이 생길 것입니다.

친구의 소중함을 제대로 인식하라

귀기울여 듣고, 주의하고, 자신을 성찰할 때,
친구들은 당신의 훌륭한 통찰과
고유한 가치를 인정하게 된다.

밤이 지나면 어김없이 다음날이 오는 것처럼, 우리는 도움을 필요로 하거나 친구를 필요로 할 때가 있습니다. 때로는 이 두 가지 모두를 필요로 하기도 합니다. 사고, 질병, 비극, 권태, 고독, 이 모든 것들은 결국 인생을 구성하는 요소들입니다.

친구는 보다 좋은 시간을 만들어주고 인생의 즐거움을 증가시켜줄 뿐만 아니라 우리의 건강과 행복에 기여하는 존재입니다.

질문 : 그렇다면 어떻게 친구를 사귀어야 하는가?

대답 : 단순한 것부터 시작하라. 유쾌한 미소와 즐겁고 낙관적이며 긍정적인 태도를 가지고 품위 있는 매너를 보여라. 모든 사람들은 우호적인 관심사를 좋아한다. 그것이 서로 친숙해지는 첫 번째 단계이다. 일단 친숙해지면, 우정을 키우는 위치에 있게 된다.

마음의 소리를 들어라

전문가를 지나치게 신뢰하지 말라.
만약 그 전문가가 칠면조라면 칠면조의 위 안에는
여치와 모래, 그리고 벌레만이 가득 차 있을 것이다.

나는 계속해서 갱신되면서도 '깨어질 수 없는' 기록과 도전을 만들어내는 숫자에 큰 매혹을 느낍니다. 모두가 알다시피 기록은 깨어지기 위해 만들어지는 것입니다. 당신에 의해 그런 기록이 갱신될지 누가 알겠습니까.

우리는 내가 과연 그런 일을 할 수 있겠느냐고 발뺌하곤 합니다. 주위의 만류와 '전문가'의 평가 등이 그런 의혹에 힘을 싣습니다. 그러나 헌신과 꾸준한 준비, 그리고 강력한 노력을 통해서 우리의 상상 그 이상의 일을 해낼 때가 있습니다. 미리 겁먹고 움츠렸다는 사실과 훨씬 더 잘할 수 있었다는 깨달음, 그리고 자신의 잠재된 능력을 깨닫는 때가 있습니다.

'전문가'의 말이 언제나 진실은 아닙니다. 그들의 말에 귀 기울이지 말고 당신 가슴속의 말에 귀를 기울이십시오.

설사 성공하지 못한다 하더라도 당신은 분명 승리한 것입니다. 최선을 다하는 것만이 언제나 당신을 승리자로 만들어 주기 때문입니다.

분노는 당신을 녹아웃시킨다

우리는 기억에 대한 황금규칙에 몰두한다.
이제 인생에 대한 황금규칙에 몰두하라.

1930년대 미국의 권투경기에는 규칙과 상식을 벗어난 경기가 비일비재했습니다.

자신의 주먹에 스스로 녹아웃을 당하는 전대미문의 사건이 일어난 경기도 바로 이 시기에 일어났습니다.

사실 그는 상대선수에게 스윙을 휘둘렀습니다. 그렇지만 경기는 자기 자신을 때리는 것으로 끝이 났습니다. 그의 펀치가 의도된 목표물을 빗나가면서 자신의 얼굴을 때리게 된 것입니다.

어이없고 기가 막힌 이야기라고 생각하십니까? 물론 기막

힌 이야기입니다. 하지만 우리는 여기서 강렬한 메시지를 얻을 수 있습니다. 분노를 폭발시킴으로써 우리는 얼마나 자주 자기 파괴를 하고 있는지, 우리를 진정으로 사랑하는 사람들에게 얼마나 자주 무례하게 구는지, 혹은 낯선 사람들에게는 얼마나 자주 실례를 범하는지 말입니다.

당신이 대접받고 싶은 대로 다른 사람을 대접하십시오. 그러면 당신은 자기 파괴의 실수를 줄이는 동시에, 스스로의 위상을 높이게 될 것입니다.

시계를 외면할 수는 있지만
시간을 외면할 수는 없다

가장 많이 바쁜 사람이 가장 많은 시간을 가진다.

당신이 선택한 직업에 관한 전문지식을 증가시키고 그것을 연구하는 데 날마다 몇 분씩 더 투자한다고 가정해보십시오.

또한 당신이 좀더 예의바르고, 점잖고, 사려 깊게 남을 배려한다면 얼마나 더 많은 친구를 얻게 될지를 생각해보십시오. 당신이 보다 좋은 식습관을 발전시키고, 규칙적으로 운동하며, 적당한 양의 수면을 취하게 된다면 당신의 인생이 얼마나 활기차게 될 지 상상해보십시오.

가족들과 함께 좀더 많은 시간을 보낸다면 얼마나 더 행복해질 수 있는지 생각해보십시오.

그리고 무엇보다도 여전히 당신에게는 위에서 언급한 것들을 할 시간이 아직도 많이 남아 있음을 기억하십시오.

진정한 성공은 스스로가 납득할 수 있어야 한다

현실은 말해준다. 우리의 가장 큰 과업과 우리의 가장 큰
목표는 상대방을 앞지르는 데 있는 게 아니라 자기 자신의
성취를 향상시킬 수 있는 능력을 활용하는 데 있다고.

어느 날 한 기자가 조지 버나드 쇼에게 다가와 물
었습니다.

"버나드 쇼 씨, 당신은 국제적으로 유명한 분이고 전 세계
를 여행했습니다. 당신은 유명한 사람들과 교류해왔으며, 저
명한 저자이자 예술가이며 고위직 인사였습니다. 만약 세상
을 다시 산다면, 당신이 알고 있는 사람 중에서 어떤 사람이
되고 싶으신가요?"

"난 조지 버나드 쇼라는 남자를 선택하고 싶군요. 하지만
과거의 버나드 쇼가 아닌 버나드 쇼로서 말입니다."

버나드 쇼의 이야기에서 알 수 있듯이 진정한 성공은 남들에 의해 평가받고 인정받는 것이 아닙니다.

자신이 하고 싶었던 것을 향해 나아가십시오. 스스로가 납득하고 만족할 수 있는 자신만의 성공을 찾아내십시오. 그것이 진정한 성공입니다.

변화를 추구하라

상대방의 인생을 변화시키는 최선의 방법은
먼저 우리 자신을 변화시키는 것이다.

정말 말도 안되는 이유로 우리는 주변 사람들이
잘못된 것이며 그들이 먼저 변해야 한다고 생각합니다.

그것은 우리 배우자의 잘못이며, 우리 사장의 잘못이며,
우리 정부의 잘못이며, 우리 학교의 잘못이며, 우리 사회의
잘못이라고 끊임없이 주변을 탓합니다. 그리고 많은 사람들
이 자기 주변 사람들이 변했다면, 자신이 좀더 성공하고 행
복해질 수 있었을 것이라고 믿고 있습니다.

부모들이 손쓸 수 없다고 생각하는 연령층인 12살에서부
터 14살 사이의 아이들을 생각해보십시오. 그 연령층의 아이

들은 자신감에 넘쳐 오히려 주위 사람들을 인정하지 않습니다. 그러나 그들이 스물다섯 살 정도의 나이에 이르게 되면, 부모님을 비롯한 주변 사람들로부터 얼마나 많은 것을 배웠는지를 깨닫습니다.

이렇듯 변화와 결과의 원인은 절대적인 것이 아니라 상대적인 것입니다. 분명한 것은 자신의 인생을 올바르게 변화시키는 것은 바로 나 자신이며 그런 변화만이 주변 사람까지 변화시킨다는 것입니다.

당신이 살아온 방식이 당신을 말해준다

변명에 능숙한 사람치고
자기 일에 능숙한 사람은 없다.

나의 정신적 지주이자 사업가인 프레드 스미스는
이렇게 말했습니다.

"당신이 살아온 방식이 바로 당신입니다. 그 방식이야말
로 당신이 원한 것이었으니까요. 진정으로 다른 방식으로 살
기를 원한다면 당신은 지금 충분히 변화하는 과정에 있는 것
입니다."

내가 알고 있는 사람들 중에서 가장 현명하면서 지혜와 상
식을 적절히 조화시키고 있는 프레드의 말에 전적으로 동감
합니다.

그는 유머감각과 다른 사람들이 목표를 달성할 수 있도록 기꺼이 도움을 주려는 의지를 갖고 있는 사람입니다. 그는 성공을 비롯해 우리의 생존 차원에서라도 변화는 인생에 있어서 필수불가결한 요소라고 지적합니다.

　　변화를 게을리하지 마십시오. 변화되는 당신의 모습은 아름답습니다.

명예는 정직한 수고에 있다

새로운 이론이 나타나면 처음엔 불합리한 것으로
공격당하다가 나중에는 적들마저도 자신들이
그것을 발견했다고 우길 정도가 된다.

아마도 당신은 단순한 아이디어 하나로 부와 명성
을 거머 쥐는 사람을 부러운 시선으로 바라본 경험이 있을
것입니다.

이마를 치면서 "나도 그걸 생각했는데!"라며 통탄하는 모
습을 우리는 얼마나 많이 봐왔는지!

이에 대해 한 철학자는 자기가 관찰한 바에 대하여 이렇게
말했습니다.

"새로운 아이디어는 언제나 처음에는 어리석은 측면을 갖
고 있었다. 과학사는 이런 사례들로 가득 차 있다. 코페르니

쿠스는 지구가 태양 둘레를 돈다고 말했다. 루이 파스퇴르는 질병이 병원균이라는 미생물체에 의해 초래된다고 말했다. 뉴턴은 중력이라고 부르는 보이지 않는 힘이 있다고 주장했다. 이들은 현재 과학사에 새 지평을 연 위인들로 추앙받지만 당대에는 무대 위에서 자기 이론을 암송하는 최고의 코미디언 취급을 받기도 했다."

교육을 통해 미래를 창조하라

젊은 세대들이 어디로 가고 있는지가 의아한 부모는
이들이 어디에서 왔는지를 기억해야 한다.

 한 현자가 다음과 같은 말을 했습니다.

"우리는 아이를 그가 성장해야 할 방식으로 훈련시켜야
함에도 불구하고 한 때 우리 자신이 했던 방식으로 훈련시키
고 있다."

우리는 아이들을 비롯해 누군가를 가르치면서 현재의 우
리를 재생산합니다. 그들은 우리가 행한 모든 것을 믿게 될
것입니다.

당신이 부모이든, 교육자이든, 정치가이든, 고용주이든,
매니저이든 간에 다른 사람에게 전해야 할 가장 중요한 것은

성장과 발달, 그리고 영감의 고취라는 점입니다.

그 중에서도 특히 당신이 직접적으로 교육을 담당하고 있는 자녀들에 대해서 말입니다.

계획이 당신을 목표로 이끈다

자유는 상대방에 의해 훈육이 되지 않도록
스스로 자율할 권리를 의미한다.

정보에 대해 기본을 유지하는 세일즈맨은 근본적으로 그렇지 못한 사람들보다 좀더 많은 물건을 팔게 될 것입니다.

하지만 무슨 일이 일어났는지를 알고 있을 뿐만 아니라 그에 대한 정보를 자기에게 유리하게 사용하는 방법을 알고 있는 세일즈맨은 굉장히 많은 물건을 팔게 될 것입니다.

'왜?' 라는 이유를 알게 되면 '어떻게' 라는 방법을 고려할 수 있게 되며, 좋지 않은 결과에 대한 자기비하를 줄일 수 있습니다.

당신이 현재 무슨 일을 하건 간에 인생에서 원하는 것이 무엇이며 그 목적에 도달하기 위해 어떤 행동계획을 세워야 하는지를 안다면, 그 목표가 무엇이건 간에 당신은 거기에 도착할 수 있습니다.

목표를 향해 나아가라

진심으로 원하는 것이 있다면 우리는 어떻게 해서든
그것을 할 수 있는 시간을 찾아낼 것이다.

사실상 오늘날 불가능한 대화란 없습니다. 그럼에
도 불구하고 우리는 제각각 너무나 바쁜 나머지 더 이상 자
유로운 시간을 기대하지 않습니다. 불행하게도 대다수의 사
람들은 그것이 사실이라고 믿고 있습니다. 하지만 지오프리
고드비는 말합니다.

"사람들은 줄곧 자신들이 누리는 자유시간을 과소평가하
면서 자신들이 일하는 시간만을 과대평가한다. 그들은 언제
나 부정한다."

전문가의 말에 따르면 오늘날 자유시간은 사실상 늘어나

고 있다고 합니다. 문제는 '우리가 사용하는 시간에 무슨 일이 일어나고 있는가' 입니다.

오늘날 대다수의 사람들은 귀중한 여분의 시간을 TV 시청에 소비합니다. 이렇게 본다면, 우리는 분명히 시간을 상실하고 있는 게 아니라 방향을 상실하고 있는 것입니다. 바로 이것이 문제를 야기시킵니다.

당신은 지금 시간을 어떻게 쓰고 있습니까? 누구에게 말해도 부끄럽지 않게 시간을 쓰고 계십니까?

웃음은 두 사람 사이를 연결시켜주는 최단거리이다

인간이란 미소와 눈물 사이를 왕래하는
시계추와 같은 것이다.

올해 스무 살이 된 우리 집안의 장손녀 선샤인이 두 살 때의 일입니다. 무슨 일 때문인지 어린 손녀가 울고 있었습니다. 우는 손녀를 달래러 가는 길에 문득 아이가 관심을 끌기 위해 우는 흉내를 내는 것은 아닐까라는 생각이 들었습니다. 그래서 주방으로 들어가면서 소리쳤습니다.

"선샤인, 울지 말고 잠깐만 기다려라!"

그리고는 커다란 그릇 하나를 아이 쪽으로 내밀면서 말했습니다.

"선샤인, 이 할아버지에겐 네 눈물이 너무나 소중하단다.

그래서 너의 눈물을 한 방울도 잃어버리고 싶지 않아. 그러
니 네 눈물을 여기에 모아서 그걸 이웃집에다 파는 게 어떨
까? 선샤인."

그러자 정말 재미있게도 손녀의 울음은 금세 웃음으로 변
했습니다.

사다리의 가장 아래쪽에서부터 시작하라

행복은 스스로 붙잡아야 한다.

미국의 백만장자들 중에서 전문적인 운동선수나 연예인들의 숫자는 1% 이하에 불과합니다. 절대 다수의 부자들은 모두 대단히 고전적이고 오래된 방식을 통해 부자가 되었습니다. 그들은 열성적인 교육을 통해 가장 아래쪽 사다리에서부터 올라가기 시작했습니다.

그들은 천천히 오랜 시간에 걸쳐서 정상에 오르는 길을 개척했고, 정상으로 올라가면서 지속적으로 기술을 개발하고, 자신의 수입 안에서 생활하며, 현명하게 돈을 투자했습니다.

그들은 원하는 것을 억제하면서 사는 생활방식을 유지했

습니다. 그리고 자신들이 정말로 원하는 것을 손에 넣게 되었습니다.

부를 얻는 최선의 방법은 고전적인 방식입니다. 당신은 원하는 것을 얻을 수 있습니다.

사랑은 더 큰 사랑을 낳는다

피라미드는 자신을 쌓아올린 축조자들을 기억하지 못한다.
진정한 기념물은 돌덩이들이 아니라 행동의 위대함이다.

한 젊은이와 아버지가 식당에서 식사를 하고 있었습니다. 둘은 무척이나 다정해보였고, 아들은 몸이 불편해보이는 아버지에게 계속해서 주위를 기울이며 세심하게 아버지를 챙기고 있었습니다.

그러던 중 아버지에게 갑자기 마비가 찾아와 아버지의 말이 어눌해지고 움직임이 힘들어 보였습니다. 그것은 아버지의 지병으로 늘 있는 일인 듯 했습니다. 아들은 주위 사람들의 시선에 아랑곳하지 않고 아버지에게 더 관심을 기울이면서 아버지와 함께 있는 것을 정말 즐거워했습니다.

잠시 후, 나는 그 젊은이와 이야기를 나눌 기회가 생겼습니다. 나는 사랑과 인내로 아버지를 대하는 그의 모습을 칭찬하면서 내가 받은 감동을 전했습니다. 그러자 그는 나에게 감사를 표하면서 쑥스러운 듯 이렇게 말했습니다.

"아닙니다, 저의 아버지께서는 저를 평생 사랑과 인내로 대해 주셨는걸요. 아버지가 제게 보여주신 사랑에 비하면 정말 보잘것없을 뿐입니다."

당신이 내뱉는 말이 당신의 마음을 결정한다

성공은 결과이지 목적은 아니다.

오늘날 우리 사회는 모든 측면에서 점점 더 부정적으로 변화되어가고 있습니다. 가정에서 우리가 나누는 대화는 부정적인 측면을 더욱 가속화하고 있습니다. 불행하게도 부정적인 사람은 자기 주변 모두를 부정적으로 만듭니다. 그런 사람이 뿌리는 모든 부정적인 사고는 더 큰 파급효과를 만들어냅니다.

앨버트 아인슈타인은 한 가지의 부정적인 사고를 극복하기 위해서는 일곱 개의 긍정적인 영향력을 발휘해야 한다고 말한 바 있습니다.

강조점을 변화시키십시오. 결과를 변화시키십시오.

하루 정도 날을 잡아서 자기가 말하고 있는 대화의 요점을 한번 기록해보십시오. 분명 그날 하루가 끝날 무렵이면 시작할 때에 비해서 훨씬 더 긍정적인 대화를 하고 있는 자신을 발견하게 될 것입니다.

일단 우리가 하고 있는 것을 의식하게 된다면, 우리는 이미 해결을 향해 나아가고 있는 것입니다.

인생은 어디로 튈지 모르는 공과 같다

우리가 우리의 행동을 결정하는 것만큼이나
우리의 행동이 우리를 결정한다.

인생이란 탄력 있게 튀는 공과 같습니다. 던진 공
은 이내 되돌아옵니다.

엘렌 피터슨 박사의 말에 따르면, 우리가 타인에게 줄 수
있는 최상의 선물은 그들로 하여금 무언가를 기대할 수 있도
록 해주는 것이라고 합니다.

"최선의 것을 기대하는 것은 한 사람의 개별성과 고유성,
그리고 힘을 실제적으로 긍정하는 것이다. 그것은 다른 사람
으로부터 상호작용을 이끌어내도록 격려해준다."

또한 성경에서는 이렇게 말하고 있습니다.

"주어라, 그리하면 얻을 것이다."

이 원칙은 감사를 표현하는 데도 적용됩니다. 우리의 일상 생활에서 황금규칙을 적용하는 또 다른 방식입니다. 당신이 대접받고 싶은 대로 다른 사람을 대접하라는 황금규칙 말입니다. 그 황금규칙을 실천하는 삶을 살아가십시오.

지식을 올바르게 사용하라

새로운 진리가 낡은 오류보다
위험하지 않다는 법은 없다.

지금 우리는 2년 주기로 정보와 지식이 두 배씩
증가하는 시대를 살고 있습니다.

하지만 이런 사실에도 불구하고 대다수 사람들은 이전보
다 더욱 더 많은 문제를 안고서 살아간다는 데 동의할 것입
니다. 그러므로 우리의 의문은 "지식과 정보가 문제 해결에
도움이 되는가?"라는 점입니다. 대답은 분명히 "아니다."입
니다.

일부 현명한 사람들은 지식은 아는 과정이라고 말합니다.
하지만 지혜는 지식을 가지고 우리가 무엇을 해야 하는지를

알려주는 것입니다. 그밖의 다른 사람들은 지식은 자기가 많이 알고 있다는 것을 자랑하는 것이지만, 이에 반해 지혜는 자신이 너무 적게 알고 있다고 겸손해하는 것이라고 설명합니다.

에이드리언 로저스 박사는 "학교에서 시험에 통과하는 데 필요한 것이 지식이다. 그러나 인생의 시험에 통과하려면 지혜가 필요하다."고 말합니다.

당신은 지식과 지혜 중 어디에 비중을 두고 계십니까?

우리에게는 내일이 있다

어린 시절 살았던 곳에 가보면
자신이 간절히 그리워했던 곳이 아님을 알 수 있다.
그것이 바로 우리의 어린 시절이다.

모든 것은 상처를 주며, 상처를 주지 않는 것은 작동하지 않는다는 사실을 이해한다면 당신은 성숙한 사람입니다.

흔들의자에 앉아서 사물을 움직일 수는 없으며, 무릎관절이 삐걱거린다고 벨트를 채워놓아 다리까지 움직이지 못하게 할 수는 없는 노릇입니다. 어떤 목적이나 성공에 이르지 못했다 할지라도 우리는 '내일' 이라는 희망을 가지고 있습니다.

큰 성취를 거둔 400명의 유명인사 중에서 무려 66%가 예

순이 넘어서야 자신의 과업을 달성했다고 합니다.

불행하게도 많은 사람들이 자신의 능력이 가장 최고조에 달한 나이에 은퇴를 합니다.

계속해서 일하십시오. 그러면 당신은 건강하고 행복하게 노후를 보내게 될 것입니다.

당신은 아직 당신의 모든 능력을 펼쳐 보이지 않았습니다. 당신의 전성기는 지금부터 시작입니다.

오늘에 충실하라

어느 누구도 출발점으로 돌아가서 다시 시작할 수는 없다.
하지만 우리는 지금 다시 출발할 수 있으며
새로운 결말을 만들어낼 수 있다.

랄프 왈도 에머슨은 성공을 '날마다 마무리하고 철저히 끝내는 것'이라고 정의한 바 있습니다. 당신은 자신이 할 수 있었던 것을 해왔습니다. 어떤 비방이나 불합리가 끼어들 틈을 주지 마십시오. 그리고 가능한 그런 점들은 잊어버리십시오. 새로운 나날을 시작하고 당신의 영혼을 고양시키는 데 방해요인이 되지 않도록 평정을 유지하십시오.

오늘은 그 자체로 멋지고 훌륭합니다. 어제의 일에 매달려 순간을 허비하기에는 너무 소중한 희망과 기대로 가득 찬 시간입니다.

모든 실패는 사람의 실패가 아니라 사건의 실패일 따름입니다. 어제는 어제 저녁으로 사실상 마무리된 것입니다.

오늘은 정말로 멋진 새로운 날입니다.

실패는 다시 시작할 수 있는 기회다

실패를 제대로 활용하는 사람만이
실패를 성공으로 만든다.

"실패는 다시 시작할 수 있는 기회다."라는 구절은 실패에 관해서 내가 자주 인용하는 글입니다. 이 글의 의미를 제대로 이해한다면 어떤 문제점과 마주치게 되었을 때, 당신은 긍정적인 방향으로 움직일 수 있을 것입니다.

엘링턴 백작은 "문제점은 당신이 다시 한 번 최선을 다할 수 있도록 허용된 좋은 기회다."라고 정의한 바 있습니다.

산꼭대기에 오르는 유일한 방법은 계곡을 통과하는 것입니다. 인생의 계곡은 정상을 오르기 위해 힘과 창조력을 향상시키는 곳입니다. 그 계곡을 지나 우리는 비로소 정상에 오르게 됩니다.

현실적으로 우리들 대부분은 실패를 공공연하게 즐기지 못합니다. 하지만 실패에 맞닥뜨리게 되었을 때 올바른 자세로 그 실패를 곰곰이 관찰한다면 당신은 실패를 통해 파괴자가 아니라 창조자로 거듭날 수 있게 될 것입니다.

행복의 본질을 파악하라

성공이나 사랑과 마찬가지로 행복은 목적지를
가진 것이 아니라 평생 끝나지 않는 여정이다.

행복에 이르기까지 우리는 몇몇의 단계를 거칩니
다. 행복은 다른 사람에 의해 발생되는 것이 아니며, 당신을
위해 움직이는 것이 아닙니다. 행복은 선택입니다.

행복한 사람들은 가장 중요한 것, 즉 다른 사람들에게 초
점을 맞추는 일을 간과하지 않습니다. 오래된 행복의 비밀은
바로 사랑받고 사랑하는 일인 것입니다.

인생을 보다 많이 경험할 때에야 우리는 비로소 진정한 행
복을 경험할 수 있습니다.

더 많은 수단과 더 많은 성취를 이루십시오. 가치 있는 목

표를 성취하고, 당신과 다른 사람에게 보다 많은 행복을 가져다주십시오. 그것이 바로 행복의 본질입니다.

행복은 당신이 기억하고 있는 가장 큰 기쁨이다

행복은 우리집 화롯가에서 성장한다.
그것을 남의 집 뜰에서 따와서는 안된다.

행복은 '언제, 어디서'가 아니라, '지금, 여기'에 있습니다.

오랫동안 계획해온 여행을 떠나게 될 때 당신은 행복을 느낄 것입니다. 승진을 하고, 새 집으로 이사를 갈 때, 아이들이 자라는 모습을 볼 때 당신은 행복을 느낍니다.

건강, 이웃, 자유, 교육, 배우자에 관한 목록들이 당신을 행복하게 해 줄 것입니다.

지금 이 순간 당신을 행복하게 해주는 많은 것들을 노트에 적어보십시오.

그 작은 행위 하나로 당신은 지금 충분히 행복하다는 것을 깨닫게 될 것입니다. 이런 깨달음은 당신이 행복해질 수 있는 기회를 극적으로 향상시킬 것입니다.

실패는 성공보다 훌륭한 교사다

성공한 사람들은 상대방에게
어디서 내려야 할 것인지가 아니라
어떻게 올라타야 하는지를 알려준다.

자기는 항상 올바르다는 독선적인 주장을 하는 사람이 실수나 실언을 하게 되면 우리는 쾌재를 부르면서 미소 짓습니다. 그렇지만 어떤 사람의 체면이 말이 아닌 상황에 처했을 때 우리는 어떤 태도를 보여야 할까요?

먼저 이 사람이 처한 당혹스러운 상황을 이해하고, 그가 당신의 도움을 필요로 한다는 사실을 이해해야 합니다. 그리고 그에게 다음과 같이 말해줍니다.

"지금 당신 기분이 어떨지 압니다. 나도 실수한 적이 있었고 정말 당혹스러웠던 경험이 있었으니까요. 당신에게 조금이나마 도움이 되어 드리고 싶군요."

비록 그 상황에 맞는 적절한 말은 아닐지라도 당신이 보여 준 관심과 염려는 상처받은 사람에게 커다란 도움이 될 것입니다. 그리고 그 과정에서 당신과 그는 좋은 친구가 될 수도 있습니다.

당신의 친절은 또 다른 친절을 낳는다

꿀벌이 존중을 받는 것은
꿀벌이 하는 노동 때문이 아니라
꿀벌이 다른 사람을 위해 하는 노동 때문이다.

내가 미시시피 주에 있는 야주 시에서 초등학교 1학년에 다닐 무렵의 일입니다.

그 당시의 나는 아이들이 앓는 온갖 질병을 달고 사느라 학교를 몇 개월 동안이나 결석하게 되었습니다. 담임이었던 워런 선생님이 아니었더라면, 1학년 과정을 제대로 마치지 못해 아마도 유급을 당하고 말았을 것입니다. 선생님께서는 매주 두 번씩 우리집에 오셔서 한 시간씩 수업을 진행해주시고 숙제를 내주심으로써 내가 학교 진도를 따라갈 수 있도록 해주셨습니다.

선생님께서 내게 보여주신 친절과 애정을 바탕으로 나는 무사히 과정을 마칠 수 있었습니다. 그리고 내 성장의 밑거름이 된 선생님의 애정은 내 책과 테이프와 세미나를 통해서 나를 알게 된 다른 사람들에게 영향을 미치고 있습니다.

사소한 것들이 엄청난 차이를 만들어낸다

인생에서 많은 것을 얻어내려면,
사소한 여분의 것들을 인생에 선물하라.

땅에 패인 구멍은 아무것도 아닐 수 있지만, 만약 당신이 그곳에 발을 잘못 딛게 된다면 다리가 부러질 수도 있습니다.

부주의한 논평이나, 비열한 말, 상처 입히는 진술, 생각 없는 행동 역시 마찬가지입니다.

내가 무심코 행한 사소하고 별 의미 없는 작은 것들이 다른 사람의 인생에 회복 불가능한 상처를 입히게 될 수도 있습니다.

'사소한 것'에서부터 사려 깊게 행동하십시오. 그러면 당신은 인생에서 보다 크고 보다 나은 것을 즐길 수 있는 단단한 토대를 세우게 될 것입니다.

친구와 가족과 이웃과 좋은 관계를 포함한 튼튼한 인생의 기초를 세우게 되는 것입니다.

중요한 것은 이미 일어난 일이 아니라
그 일을 어떻게 다루는가에 있다

역경은 진리로 통하는 으뜸가는 길이다.

타이어 펑크 등의 갑작스런 일에 흥분하는 사람은 많지 않습니다. 그런 식의 갑작스런 사고는 우리 인생에 널려 있는 것이고, 사고란 항상 적절하지 못한 상황에 찾아온다는 사실을 우리는 잘 알고 있으니까요.

하지만 도밍고 파체코는 타이어가 펑크남으로써 목숨을 구하게 되었습니다. 그는 타이어 펑크로 인해 예약한 비행기를 놓치게 되었습니다. 그런데 이 비행기는 에버글레이즈에서 추락하고 말았습니다.

예기치 않은 문제와 마주친 것이 어떤 긍정적인 혜택을 가져다주게 될지는 아무도 모릅니다.

만일 다음 번에 예기치 않은 사고와 맞닥뜨린다면 잠시 생각해보십시오. 정말 이 사고가 끔찍하게 나쁜 일인가를 말입니다. 그리고 장기적으로 볼 때 당신에게 일어난 이 일이 더 좋은 기회를 가져다줄 가능성이 없는 지에 대해서도 곰곰이 생각해보십시오.

올바른 일을 하라
그러면 힘을 갖게 될 것이다

가치 있는 일을 성취하는 데에는
근면, 끈기, 상식이라는
세 가지의 근본적인 위대한 요소가 있다.

당신이 어제 무엇을 했으며, 지금 무엇을 하고 있
는가는 내일 당신이 무엇을 할 것인지에 대한 훌륭한 예측기
준이 됩니다. 이는 당신 스스로 의식적으로 변화하려고 하지
않는다면 당신의 과거가 미래에 대한 예측기준이 된다는 말
입니다.

이 세상에는 몽상에 가득 찬 무리들이 있습니다. 그들은
아무런 기초공사도 없이 '하늘'에 집을 짓습니다. 그들은 내
일 무슨 일을 할 것이며, 내년에는 무슨 일을 할 것이고, 장
차 무슨 일을 할 것인지에 관한 엄청난 계획을 끊임없이 늘

어놓으며 사람들을 현혹합니다.

나는 이들에게 "당신은 어제 무엇을 했으며 오늘은 무슨 일을 하고 있습니까?"라고 묻고 싶습니다.

다행스럽게도 세상에는 아직 꿈과 희망과 계획을 가진 사람이 많이 있습니다. 그들은 끊임없이 자기 자신과 주변 사람들, 더 나아가 모든 사람의 인생을 향상시키기 위해 노력하고 있습니다. 그들은 오늘보다 더 나은 미래를 만들기 위해 노력하는 영원한 낙관주의자들입니다.

당신 역시 영원한 낙관주의자가 될 수 있습니다. 당신은 승리하기 위해 태어났습니다. 하지만 타고난 승리자가 되기 위해서 당신은 승리할 수 있는 계획을 세우고, 승리를 위해 준비해야만 합니다. 그런 후에야 비로소 당신은 승리를 기대할 수 있습니다.

어제 했던 일에 대해 당신이 지금 할 수 있는 것은 아무것도 없습니다. 하지만 내일에 관해서는 많은 일을 할 수 있습니다. 당신 앞에 놓여 있는 내일을 위한 행동지침을 발전시키고, 오늘 최선을 다 하십시오. 보다 나은 미래가 보장될 것입니다.

낙관주의자 VS 비관주의자

올바른 마음을 가지고 욕심을 제어하면
그 속에 낙이 있으며 봉변을 면하게 되리라.

로버트 슐러는 낙관주의자와 비관주의자를 아주
명쾌하게 구분했습니다.

낙관주의자는 반 잔의 물을 보고 반이나 찼다고 이야기합
니다. 하지만 비관주의자는 물이 반밖에 남지 않았음을 아쉬
워합니다.

그 이유는 아주 간단합니다. 낙관주의자는 그 컵에 물을
붓는 중이고 비관주의자는 그 컵에서 물을 빼내는 중이기 때
문입니다.

이것은 보편적인 진실입니다. 사회에 어떤 공헌도 하지 않

고 무언가를 얻고자 하는 사람은 비관적인 사람입니다. 자신을 위해 모든 것이 충분하지 않다고 언제나 불평하기 때문입니다. 반면에 항상 최선을 다해 사회에 헌신하는 사람은 낙관적이며 자신감이 넘칩니다. 그는 스스로 해결책을 찾아 노력하기 때문입니다.

미래는 당신을 기다리고 있다

비록 환경이 어둡고 괴롭더라도
항상 마음의 눈을 크게 뜨고 있어라.

젊은 선원 하나가 첫 항해를 떠났습니다. 북대서
양에 이르렀을 무렵, 그가 타고 있던 배가 큰 폭풍우를 맞게
됐습니다. 젊은 선원은 돛대 위로 올라가서 돛을 조정하라는
명령을 받았습니다. 그는 한참 돛대를 오르다가 그만 아래를
내려다보고 말았습니다. 그리고는 균형을 잃기 시작했습니
다. 그때 고참 선원 하나가 그에게 큰 소리로 외쳤습니다.

"위를 봐! 위를 보란 말야!"

젊은 선원은 머리를 들어 위를 쳐다보았습니다. 그제서야
그는 다시 균형을 찾을 수 있었습니다.

갑자기 모든 것이 부정적으로 느껴진다면 잘못된 방향을 바라보고 있는 것은 아닌지 확인해보십시오.

태양을 바라보고 있을 때 그림자는 보이지 않습니다.

현재의 모습이 밝게 느껴지지 않을 때는 새로운 전망이 필요합니다.

변명을 멈추고 이유와 방법을 찾아라

1백 권의 책에 쓰인 말보다
한 가지 성실한 행동이 더 크게 사람을 움직인다.

내가 알고 있는 사람들 가운데 가장 지적이고 가장 크게 성공한 몇 사람은 모두 어린 나이에 정규교육을 중단했습니다.

헨리 포드는 열네 살에 학교를 그만 두었고, IBM의 창업자인 토마스 왓슨은 주당 6달러의 세일즈맨에서 대기업의 회장이 되었습니다.

정규교육의 한계는 어떤 일에 대한 변명이나 자신을 비하하는 데 합당한 이유가 되지 못합니다. 교육은 분명히 중요합니다. 그러나 헌신성은 더욱 중요합니다.

실패에 대한 변명을 멈추십시오. 그리고 성공을 위한 이유와 방법을 찾으십시오. 그리고 당신이 가지고 있는 모든 잠재력을 활용하기 위해 헌신적으로 노력하십시오. 교육이 부족한 것은 절대 문제가 되지 않습니다.

불행하게도, 교육을 많이 받은 사람들도 자신의 삶에서 성공하지 못하기도 합니다. 자신들의 지식을 최대한 이용하도록 스스로에게 동기부여를 하지 못하기 때문입니다. 그러나 이것 역시 변명이 될 수는 없습니다.

세상에서 가장 가난한 사람은
웃음이 없는 사람이다

슬픔을 나누면 반으로 줄지만

기쁨을 나누면 배가 된다.

 웃어봅시다! 칭찬합시다!

다른 사람에게 밝은 미소를 보낸다면 그들도 당신에게 따뜻한 웃음을 선사할 것입니다. 그러면 당신은 더욱 즐겁고 더 큰 기쁨을 느끼게 됩니다. 만약 상대방이 웃지 않더라도 문제될 것은 없습니다. 당신은 이미 사람들에게 웃음을 선사함으로써 마음의 부자가 된 것입니다.

당신이 한 사람을 칭찬하거나 예의 바르게 대한다면 그는 직접적인 호의를 받는 것입니다. 상대방을 기쁘게 하는 것은 스스로도 즐거워지는 일입니다.

사람들을 기쁘게 만드는 가장 좋은 방법 중의 하나는 낙관적인 사고와 기분 좋은 격려를 널리 퍼트리는 것입니다. 쾌활하고 낙관적인 사람을 만나면 누구나 자연스럽게 즐거워집니다.

당신의 몸과 마음을 다해서 크게 한번 웃어봅시다.

습관의 주인이 되라

습관의 굴레는 그것이 너무 강해서
부러지게 될 때까지 느껴지지 않는다.

니코틴 중독자를 본 적이 있습니까?

그들은 담배가 떨어지는 순간부터 다시 담배를—사거나 구걸하거나 빌리거나 심지어는 훔쳐서—얻게 될 때까지 경련을 일으킵니다. 또 이런 경우도 있습니다. 아주 우람한 체격의 건강한 사람이 단지 몇 밀리그램도 나가지 않는 담배 때문에 몰골이 초췌해져 있는 것을 말입니다.

그래서 나는 인간이 감정의 동물이 아니라 논리적인 동물이길 희망합니다.

습관이라는 것은 아주 희한합니다. 아니 비참하다고 표현하는 것이 맞을 것 같습니다. 왜냐하면 나쁜 습관은 나쁜 결과를 몰고 올 것이며 그것은 피할 수 없는 일이기 때문입니다. 그럼에도 불구하고 수많은 사람들은 악하고, 사치스럽고 문제만 일으키는 습관을 고집합니다. 그들이 습관을 갖는 것이 아니라 습관이 그들을 소유하고 있는 것입니다.

올바른 습관을 선택하십시오. 그리고 나쁜 습관이 당신에게 다가오지 못하도록 늘 경계하십시오.

장기적인 목표를 세워라

볼 수 있는 데까지 최대한 멀리 가라.
그곳에 이르면 당신은 더 멀리 볼 수 있다.

긴 안목의 목표가 없다면 당신은 순간적인 좌절에
도 금세 압도당하고 말 것입니다.

그 이유는 아주 간단합니다. 당신만큼 당신의 성공에 관심
있는 사람은 아무도 없기 때문입니다. 때때로 누군가가 당신
앞에 서서 끊임없이 길을 막는 것처럼 느껴질지도 모릅니다.
그러나 실제로 길을 막아선 사람은 바로 당신 자신입니다.

경우에 따라서는 당신의 통제를 벗어난 상황들이 일어날
수도 있습니다. 당신에게 긴 안목의 목표가 없다면 그런 일
시적인 난관이 심각한 혼란으로 다가올 것입니다. 하지만 한

번의 후퇴는 방해물이 아니라 디딤돌이 될 수도 있습니다. 바로 장기적인 목표가 있다면 말입니다.

집을 나서기 전에 모든 신호등이 파란색이 될 때까지 기다린다면 당신은 정상으로 가는 여행을 시작조차 하지 못할 것입니다.

끈기가 차이를 만든다

지금 하고 있는 일을 시작한 지 얼마나 되었는가?
만약 싫증을 느낀다면 당신은 끈기가 없는 것이다.

화려한 성공의 언덕 바로 밑에 있다거나 아니면 코너 하나만 돌면 성공을 만날 수 있다고 가정해봅시다. 지금 눈앞의 정상에 오르거나 급한 코너를 돌기 위해서는 마지막으로 밀어붙이는 힘이 필요합니다.

당신은 그 힘을 충분히 가지고 있습니까?

세상 그 어떤 것도 끈기를 대신하지 못합니다. 뛰어난 재능 역시 마찬가지입니다.

세상에는 타고난 재능을 가지고도 성공하지 못한 사람만큼 흔한 것도 없습니다. 말 그대로 성공하지 못한 천재들이 우리 주위에 얼마나 많습니까? 또한 교육도 끈기를 대신하지 못합니다.

세계는 박식한 낙오자들로 가득 차 있습니다. 끈기와 결단력 그리고 근면함이 사람들의 차이를 만듭니다.

영혼의 양식을 공급하라

배가 고플 때 배에서 꼬르륵 소리가 나는 것처럼
우리의 영혼이 비었을 때도 꼬르륵 소리가 난다면…….

우리 신체 중에서 머리 부분과 그 아래 부분의 가
치를 한번 따져봅시다. 목 아래 부분으로 주당 100달러 이상
의 일을 하는 사람들은 거의 없습니다. 그러나 무한한 잠재
력을 가지고 있는 우리의 머리는 가지고 있는 가치도 무제한
입니다.

그럼, 이번에는 이 두 부분을 위해서 우리가 무엇을 하는
지 살펴볼까요?

우리는 주당 100달러 정도의 가치를 가지는 부분을 위해
서는 매일매일 열심히 양식을 공급합니다. 하지만 무제한의

가치를 가지고 있는 머리를 위해서는 얼마나 자주 영혼의 양식을 공급합니까? 가끔? 아니면 우연히?

우리는 언제나 시간이 부족하다고 변명을 늘어놓습니다. 그러나 이것은 너무 궁색한 변명입니다.

매일 주당 100달러의 가치를 가지는 부분에 투자할 시간은 있으면서 무한한 잠재력을 가지고 있는 부분에 대해서는 시간이 없다고요? 상식적으로 말이 되지 않는다는 것을 당신은 잘 알고 있습니다.

지금 우리의 정신이 배고프고 목말라하고 있습니다.

박상혁

한양대학교 법학과를 졸업하고 한양대학교 국제대학원에서
미국학 석사학위를 받은 뒤, 현재 네덜란드 로테르담 Erasmus
University에서 국제통상법을 공부하고 있다.

지그 지글러의 성공 메시지

초판 1쇄 인쇄   2006년 8월 16일
초판 1쇄 발행   2006년 8월 21일

지은이   지그 지글러
옮긴이   박상혁

펴낸이   한익수
펴낸곳   도서출판 큰나무

등록   1993년 11월 30일(제5-396호)
주소   120-837 서울시 서대문구 충정로 3가 3-95 2층
전화   (02) 365-1845~6
팩스   (02) 365-1847
이메일   btreepub@chol.com
홈페이지   www.bigtreepub.co.kr

ISBN 89-7891-223-0 03840

값 8,500 원